Capsule® 6

Lyne Deslauriers
Nicole Gagnon

avec la collaboration de
Christian Sol

FRANÇAIS 6e ANNÉE | LIVRE B

Composition de Capsule 6 :

- Livre A
- Cahier d'activités A
- Guide pédagogique A

- Livre B
- Cahier d'activités B
- Guide pédagogique B

- Chansons et textes d'écoute (cassettes)
- Affiches stratégies

Capsule 6 – Livre B

Auteurs : Lyne Deslauriers, Nicole Gagnon et Christian Sol

Textes : Christine Bolté : p. 41-42, 45-49; Armelle Chitrit : p. 68-69; Sylvie Dupont : p. 54-55; Véronique Gagnon-Pelletier : p. 112-116; Marie Hébert : p. 14-16, 26-29; Claude Lafleur : p. 3-5, 20, 22; Claude Morin : p. 60-66, 75-78, 132-135, 139-140; André Payette : p. 8 (encadré), 17-18, 21 (encadré), 58 (encadré), 74 (encadré), 85-93, 125-126, 128-131; François Picard : p. 19, 50-53; Claire St-Onge : p. 79, 101-103, 136-138; Marie Théorêt : p. 7-12, 38-40, 37, 56-58, 80-84 (adapt.), 94-98 (adapt.), 106-111, 124.

Illustrations : Jean-Pierre Beaulieu : p. 7, 9-11, 20, 33, 75, 125-126, 134-135, 136-138; Leanne Franson : p. 14, 16, 26-29, 41-42, 45-49, 112-116; Marie Lafrance : p. 2, 67, 80-84, 94-98; Céline Malépart : p. 118-121; Claude Morin : p. 117; Jean Morin : p. 38-40, 54-55, 71, 128-131, 132-133, 141-143; Ninon : p. 13, 34, 44; Carole Péloquin : p. 3-5, 8-12, 118-121.

Photos : Agence de la francophonie : p. 109, 110 (Jeux de la francophonie); M. E. Ahounou : p. 111 (Festival de théâtre du Bénin); Australian High Commission : p. 19 (ornithorynque); M. Brincourt/SCOOP Paris-Match : p. 64 (« Le Pont-Neuf emballé »); Centre belge de la bande dessinée : p. 89 (magasin Waucquez); don à la mémoire de Daniel Robbins : p. 89 (Crystal Palace); CNES/C. Bardou : p. 140; Hélène Décoste : p. 92; Éditions du Seuil : p. 123 (L. Sédar Senghor); Jonathan Exley : p. 139 (Michael Crichton); Fondation Paul Gérin-Lajoie : p. 110 (enfants africains à l'école); Fondation Nicolas Hulot : p. 23; Véronique Gagnon-Pelletier : p. 112 à 116; Jardin botanique de Montréal : p. 17 (gravure), 19 (Linné); Jardin botanique national : p. 24; Marcel La Haye/Les Débrouillards : p. 50, 51; La Presse, Pierre Lalumière : p. 139 (Céline Dion); Famille Lentz (document privé) : p. 52; Anne-Marie Lourtie épouse Piret-Gérard : p. 124; Xavier Luis/Les Débrouillards : p. 51 (Marc-André Côté); Nicole Malinconi (document privé) : p. 122; MNAM, Centre G. Pompidou/SODRAC (Montréal) 1997 : p. 70 (compression); Claude Morin : p. 74 à 78; Musée canadien des Civilisations, S86-387 : p. 60 (masque primitif); © Musée Rodin/SODRAC (Montréal) 1997, S 1296, bronze : p. 62 (« Le Monument à Balzac »), Ph 1029 : p. 68 (« Portrait de Camille Claudel »), S 6659, bronze : p. 69 (« La Vague »); © Naturhistorisches Museum Wien : p. 60 (Vénus de Willendorf); Philadelphia Museum of Art, don de la Schwartz Galleria d'Arte : p. 63 (« Roue de bicyclette »); © Photothèque des musées de la ville de Paris/SODRAC (Montréal) 1997 : p. 66 (« Accord final »); RTBF : p. 111 (F. Vande Meerssche); SABAM Belgium 1999 : p. 71-73; Ghislain Samson : p. 25; Gaétan Savignac, collection musée Gilles-Villeneuve : p. 140 (Jacques Villeneuve et son père); South Dakota Tourism : p. 79.

1re édition : 2000

Mont-Royal (Québec)
ISBN 2-89113-6607-1
Dépôt légal - Québec et Canada, 1998

ISBN 90-306-2880-4
D/2000/0078/11
Fabr. 8389
NUGI 103

Imprimé au Canada
1 2 3 4 5 04 03 02 01 00

TABLE DES MATIÈRES

Thème 6 Biosphère

Thème 7 Bien dans sa peau !

Thème 8 Sculpture et architecture

Thème 9 La francophonie

Thème 10 Avant de tourner la page

Références grammaticales

THÈME
6

BIOSPHÈRE

La nature a toujours été une grande source d'inspiration pour les poètes. Lis les poèmes de ce thème en t'efforçant d'en saisir le rythme et les images.

LE PETIT BOIS

Petit bois clair,
petit bois de chênes, de sapins, de bouleaux
et tout percé de chants d'oiseaux;
petit bois plein de ciel, de fleurs, de papillons
et d'un vent doux qui va d'une colline à l'autre;
petit bois assis seul sur le coteau,
où toutes les joies viennent se dire bonjour.

Petit bois clair si loin du monde,
si loin des guerres et des fanfares,
avec un chemin brun feutré de vieux feuillages,
doux comme un tapis de haute laine
et barré d'ombres qui obéissent au soleil;
avec mille sentiers
où le vent promène
son haleine.

Petit bois clair où les chants d'alentour
se rencontrent et se mêlent,
où des ombres légères tremblent sous les arbres,
trop grands pour leur âge
et qui balancent au soleil
leurs têtes sensibles
et pleines d'oiseaux.

Petit bois de chênes, de sapins, de bouleaux,
petit bois clair comme un bois d'enfant.

Constant Burniaux

Tu as sans doute déjà entendu le mot « écosystème ». Rappelle-toi d'abord ce que ce mot évoque pour toi, puis lis le texte pour confirmer ou compléter tes hypothèses.

LES ÉCOSYSTÈMES : UN MODÈLE DE PARFAITE HARMONIE !

Tu as sans doute déjà lu ou entendu le mot « écosystème ». Sais-tu ce qu'il signifie ? On appelle « écosystème » l'ensemble des relations qui s'établissent dans un milieu donné entre les êtres vivants et non vivants qui s'y trouvent.

Observons ce qui se passe dans un petit bois. Des arbres enfoncent leurs racines dans la terre pour y puiser l'eau et les sels minéraux du sol, et, par leurs feuilles, transforment l'énergie du soleil par photosynthèse. Dans la terre, des microbes et des vers décomposent les feuilles, les herbes mortes, les cadavres de petits insectes et autres matières organiques, créant ainsi le sol, avec ses substances nutritives dont se nourrissent les arbres. Dans les arbres nichent des oiseaux qui se nourrissent d'insectes et de vers. Dans le sous-bois, des insectes butinent les fleurs sauvages pour se nourrir de leur nectar et, ce faisant, transportent le pollen d'une fleur à une autre. Cela amorce la formation de fruits, de baies ou de graines. Dans le bosquet, de petits animaux mangent les fruits et les graines des arbres et des plantes. En laissant tomber les graines çà et là ou en les enfouissant dans la terre, ils en feront pousser d'autres. Des animaux carnivores tels que les hiboux ou les renards se nourriront, quant à eux, de petits animaux herbivores comme les oiseaux, les souris des champs ou les lièvres.

Dans un écosystème, comme tu as pu le constater, les êtres vivants et non vivants sont en interaction. Ainsi, la modification d'un seul facteur de l'écosystème aura un impact sur son ensemble. Ce pourrait être, par exemple, une modification de climat ou de lumière, l'arrivée d'une nouvelle espèce d'oiseaux ou d'insectes.

> Dans le vieil étang
> Une grenouille saute
> Un ploc dans l'eau !
>
> BASHÔ
> *(Anthologie de la poésie japonaise, © Éditions Gallimard)*

Il existe plusieurs autres types d'écosystèmes : les bords de lacs et de rivières, les océans, les déserts, etc. Si tu as l'occasion d'aller près d'un étang, prends le temps d'observer toute la vie qui s'y concentre. Tu verras à travers les roseaux, sous les pierres et dans les airs quantité de petits insectes qui serviront de nourriture aux grenouilles, aux oiseaux et aux poissons. Tu verras aussi des prédateurs chasser les poissons et les oiseaux.

Combien y a-t-il d'espèces vivantes sur terre ?

Jusqu'à maintenant, les scientifiques ont identifié près d'un million et demi d'espèces vivantes sur terre. Cet inventaire regroupe notamment des micro-organismes, des champignons, des plantes, des insectes, des oiseaux et des mammifères. Mais il semble que nous soyons encore bien loin du compte puisqu'on en estime le nombre total à au moins 10 millions, peut-être même à 100 millions ! Avec une telle probabilité, on imagine bien que toutes les espèces ne contribuent pas de la même façon à la biodiversité, c'est-à-dire à la richesse de la vie sur terre.

Pour le plaisir de la comparaison, disons que les insectes, sans être tous répertoriés, représentent à eux seuls plus de la moitié de l'ensemble des espèces connues. Les mammifères, groupe dont nous faisons partie, font quant à eux bien modeste figure avec leurs 4000 espèces qui représentent 0,25 % de l'ensemble. Le nombre faramineux d'insectes n'est pas si étonnant, car ces bestioles ont élu domicile partout dans le monde et on en trouve d'impressionnantes concentrations dans certains milieux. Récemment, un scientifique a recensé 43 espèces de fourmis sur un seul arbre du Pérou, ce qui représente plus d'espèces de fourmis qu'il ne s'en trouve sur le territoire des îles britanniques réunies !

Voici les proportions surprenantes qu'on obtient quand on classe les organismes vivants en fonction du nombre d'espèces de chaque groupe. On constate que les insectes représentent à eux seuls la moitié de toutes les espèces répertoriées à ce jour.

Tu sentiras également l'odeur bien particulière de la terre grasse de ces milieux humides, avec sa flore particulière : fougères, joncs, nénuphars, algues, etc.

Dans un écosystème, chaque espèce joue un rôle important et spécifique : elle occupe ce que l'on appelle sa « niche écologique ». Par exemple, les prédateurs comme les renards et les oiseaux exercent en se nourrissant un contrôle sur leur milieu, ils le protègent contre une éventuelle prolifération de rongeurs ou de moustiques. Chaque espèce remplit une fonction particulière et si l'une d'elles vient à disparaître, c'est tout l'écosystème qui en souffre. Voilà pourquoi il est si important de protéger la diversité des espèces. Rappelle-toi à ce propos qu'une seule espèce végétale soutient, en moyenne, dix-huit espèces animales. En agissant les uns sur les autres, l'eau, l'air, la lumière, le sol et les êtres vivants créent d'innombrables réseaux de relations écologiques qui participent à l'équilibre de la nature.

- Pourrais-tu définir en quelques mots ce qu'est un écosystème ?
- Que se passe-t-il lorsqu'un seul élément d'un écosystème est modifié ?

QUOI

Un secret bien gardé

Savais-tu que le sol d'une forêt recèle un réseau souterrain de champignons qui transportent l'humidité et les substances nutritives du sol jusqu'aux racines des arbres ? Sous un seul arbre, il peut même y avoir plusieurs milliers de kilomètres de filaments de champignons ! Ces végétaux jouent un rôle fondamental dans la majorité des écosystèmes : ils contribuent à la décomposition des matières organiques et à la formation des sols. Ils méritent bien qu'on s'y intéresse davantage.

QUOI

1. Mammifères
2. Amphibiens
3. Bactéries
4. Oiseaux
5. Poissons
6. Champignons
7. Arthropodes
8. Plantes
9. Insectes

7

8

9

DÉSERTITUDE

Les courbes blondes des dunes
Sur le corps brûlé du désert
Espèrent un souffle d'azur.

Paille de feu dans un verre sablé
De mirage en images sans oasis
Sur la peau d'un soleil enivré
Par sa divine beauté

Vaste océan, vagues dorées
Maquillées de folie

Humide baiser lunaire
Sur les lèvres froides du soir
Épousant l'aube triste
Sans éclosion de rosée
Absence de verdure
Source vive exilée
Désert en instance de soif

Poitrine braisée des dunes
Inhumaine insolence
D'un astre aliéné
Par son ultime puissance
Intime luminescence
Orpaillant ses rayons
Pour la tunique d'or
Des illusions fragiles
Éperdues d'horizon... DÉSERT

Jacqueline GRENIER-TREMBLAY

En lisant ce texte, tu verras que les êtres vivants, grâce à de surprenants modes d'adaptation, deviennent capables d'occuper les niches écologiques les plus inhospitalières.

LES ANIMAUX DES MILIEUX EXTRÊMES...

Les animaux, comme les humains, ne peuvent survivre et se reproduire que dans un environnement auquel ils sont adaptés. Cependant, il est captivant de voir comment, par d'ingénieux mécanismes, certains d'entre eux arrivent à s'acclimater à des milieux qui nous sembleraient à première vue totalement incompatibles avec la vie. En voici quelques exemples assez spectaculaires.

AH ! LES P'TITS CRAPAUDS !

La plupart des grenouilles et des crapauds, on le sait, vivent dans des milieux particulièrement humides, à proximité d'étendues d'eau. C'est que leur peau, très mince et très perméable, requiert une telle exigence. C'est par elle que l'eau est absorbée et ensuite évaporée, un processus qui contribue à maintenir la température de leur corps à un degré adéquat. À l'air libre, dans un milieu sec, les amphibiens se déshydratent rapidement et ne peuvent généralement survivre plus d'une journée.

Pourtant, certaines espèces d'amphibiens ont développé divers moyens de s'adapter à la sécheresse et à la chaleur torride du désert. Ainsi, la *Hyla cadaverina*, une variété de grenouilles vivant dans le désert du Colorado, réussit à supporter des chaleurs de plus de 40 °C en évaporant l'eau de son corps. Son secret ? Pour arriver à combler ses immenses besoins en eau, elle recycle celle qui est contenue dans son urine, ce qui représente une quantité de liquide équivalant à 25 % de son poids. Puis une fois ses réserves épuisées, elle retourne au point d'eau le plus proche. Cette variété de grenouilles peut se permettre de perdre jusqu'à 40 % de son eau corporelle, soit 20 % de plus qu'un chameau !

Les rayons du soleil peuvent également représenter une menace pour les grenouilles. C'est ce qui explique que certaines grenouilles passent d'une couleur sombre à une couleur pâle, qui permet de mieux réfléchir la lumière solaire.

Dans les déserts où il n'y a pas de sources d'eau permanentes, les choses se compliquent pour les amphibiens, et d'autres mécanismes d'adaptation entrent alors en jeu. Plusieurs s'enterrent profondément dans le sol en absorbant l'eau qui y est emmagasinée. Ils se protègent ainsi de la chaleur et réduisent au minimum les risques de déshydratation. Ils ne sortent de leur cachette qu'à la première grosse averse. Ils en profitent alors pour s'accoupler, pour pondre leurs œufs et pour refaire le plein de nourriture. On a vu des crapauds du désert consommer en une seule nuit l'équivalent de 55 % de leur poids, ce qui représente des réserves de nourriture pour un an ! Dans les régions très désertiques, il arrive que des amphibiens parviennent à vivre pendant deux ans enfouis sous la terre en ralentissant considérablement leur métabolisme. Certains laissent sécher la boue autour de leur corps pour faire un épais cocon, alors que d'autres se recouvrent la peau d'une substance cireuse semblable au plastique.

Il semble bien que les amphibiens, à cause de leur grande diversité, bénéficient d'une foule de moyens leur permettant de vivre dans des milieux qui, autrement, leur seraient restés hostiles.

Au début de la saison des pluies, ce crapaud d'Amérique du Sud mange l'épais cocon qu'il s'était fabriqué à la saison sèche pour éviter de perdre de l'eau, puis il creuse le sol pour remonter à la surface.

PAS SI BÊTE

Un petit coup de pouce vert pour les grenouilles !

Parce qu'ils vivent en contact étroit avec leur milieu, les grenouilles et les crapauds sont d'excellents baromètres de la qualité de l'environnement. Ils ont une peau mince et humide qui respire, et leurs œufs, dépourvus de coquilles, sont exposés à l'eau, à la terre et aux rayons du soleil. Capables de s'adapter à différents milieux de vie, ces amphibiens vivent dans les écosystèmes les plus variés de la planète. Or, depuis une dizaine d'années, on constate un inquiétant déclin de leurs populations presque partout dans le monde.

Selon de nombreux scientifiques, divers facteurs environnementaux en sont la cause. Entre autres, l'amincissement de la couche d'ozone. En effet, une grande quantité d'œufs serait détruite en raison de leur exposition à des rayons ultraviolets plus puissants. Mais la menace la plus importante concerne le saccage de leurs habitats naturels. Dans bien des régions, on a détruit des forêts entières et asséché des marécages afin de développer des terres agricoles et des projets résidentiels. Par ailleurs, les polluants comme les pluies acides, les herbicides et les insecticides nuisent considérablement aux œufs et aux larves qui, étant fragiles, y sont sans doute aussi plus sensibles. Enfin, la consommation de dizaines de millions de cuisses de grenouilles chaque année n'aide sûrement pas leur cause !

Les grenouilles et les crapauds sont des éléments indispensables dans de nombreuses niches écologiques. En les respectant et en les aidant à se développer, tu feras un geste d'une grande importance pour l'environnement.

PAS BEAUX MAIS PAS BÊTES, LES RATS-TAUPES !

L'agressive reine des rats-taupes ne cesse de bousculer et de menacer ses sujets. Ceux-ci adoptent aussitôt une attitude de soumission qu'ils conservent plusieurs minutes après le passage de la reine.

Les rats-taupes sont de petits animaux assez disgracieux qui vivent dans les régions semi-désertiques de l'Afrique de l'Est. Leur corps, dépourvu de poils, ressemble à une petite saucisse. Leur mâchoire, munie d'incisives proéminentes, rassemble le quart de leur masse musculaire, ce qui fait de ces minuscules créatures de véritables machines à creuser le sol. Leur corps cylindrique et leurs membres courts mais puissants sont parfaitement adaptés à la vie sous terre.

Les rats-taupes vivent en colonie (chacune compte généralement de 75 à 80 membres). Le réseau de galeries souterraines qu'ils creusent peut s'étendre sur 3 kilomètres et couvrir une surface de 100 000 mètres carrés, soit la superficie de 20 terrains de football ! On détecte assez difficilement l'existence de cette société souterraine, exception faite de cet indice : aux heures les plus fraîches du jour, les rats-taupes éjectent des tunnels la terre qu'ils ont excavée. Cela forme de petits cônes de poussière fine qui ressemblent à autant de volcans miniatures en éruption. Les rats-taupes forent le sol pour trouver les tubercules dont ils se nourrissent.

Contrairement aux autres mammifères, les rats-taupes sont des animaux à sang froid. Ils doivent donc contrôler la chaleur de leur corps par leur comportement. Lorsqu'ils ont froid, ils se blottissent les uns contre les autres.

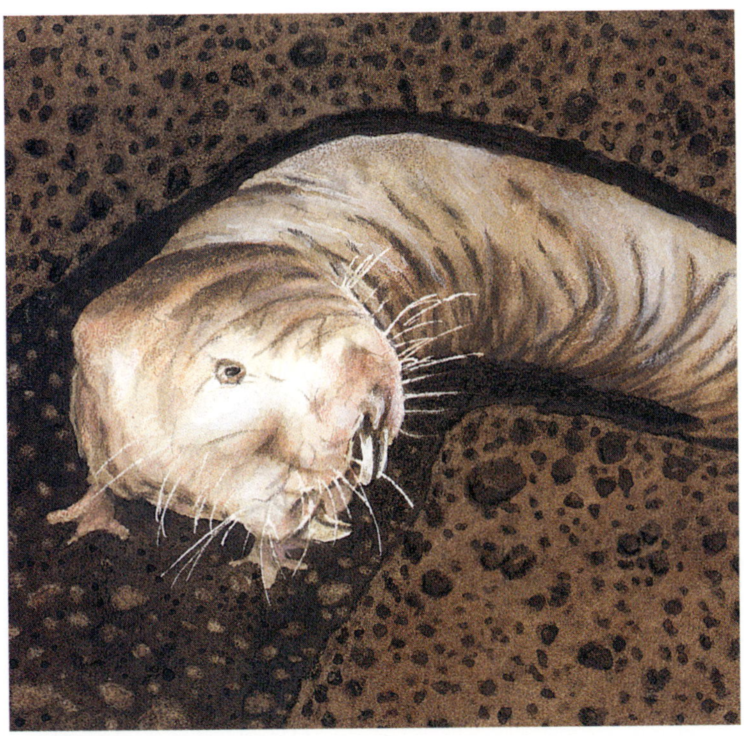

Mais ce qu'il y a de plus surprenant chez ces petites bêtes, c'est qu'elles vivent plus à la façon d'insectes sociaux que de mammifères. En effet, les rats-taupes forment une société qui s'apparente beaucoup au modèle adopté par les fourmis, les abeilles et les termites. Ils vivent dans une société hiérarchique composée d'une agressive femelle reproductrice, de mâles reproducteurs, et d'ouvrières et ouvriers non reproducteurs spécialisés dans diverses tâches, dont celles de nourrir et de laver les plus jeunes, de rechercher la nourriture et de la transporter, et de déblayer le sol.

Dès qu'un prédateur comme un serpent s'attaque à un rat-taupe, des ouvriers interviennent pour bloquer les voies d'accès de la région environnante.

Toutefois, le comportement social des rats-taupes ne semble pas programmé génétiquement, comme c'est le cas pour les insectes sociaux. Il semble plutôt résulter d'une adaptation collective à des conditions difficiles : un sol dur à creuser, des ressources alimentaires dispersées, la menace de dangereux prédateurs...

En somme, la constitution physique de ces petits animaux ainsi que la forme de vie sociale qu'ils ont adoptée contribuent à en faire un exemple d'adaptation particulièrement réussie.

DES VERS QUI ONT DU CARACTÈRE !

Aimerais-tu vivre dans des eaux bouillantes à plus de 2500 mètres de profondeur ? Non ? Alors, c'est que tu n'es pas un ver de Pompéi ! Ce petit annélide long d'environ 20 centimètres vit en effet tout au fond de l'océan Pacifique dans des cheminées sous-marines où le magma échappé de la croûte terrestre chauffe l'eau de mer à des températures pouvant atteindre 350 °C.

Pour se protéger de la chaleur extrême des cheminées, le ver de Pompéi se réfugie dans un cocon organique résistant qu'il sécrète. À l'intérieur de sa loge, la température varie habituellement entre 12 °C et 40 °C, mais il semble qu'il puisse résister à des températures allant au-delà de 105 °C.

Le ver de Pompéi porte sur le dos de longues bactéries filamenteuses qui vivent en symbiose avec lui. Elles se nourrissent de la matière organique que le ver produit et elles détoxiquent son milieu.

Si on appelle cet animal « ver de Pompéi », c'est que, comme les victimes de l'historique éruption du Vésuve, il est soumis à une perpétuelle pluie de cendres. Et comme si cela ne suffisait pas, il doit aussi supporter un milieu extrêmement acide, presque dénué d'oxygène, où sont en outre concentrés des éléments toxiques comme le plomb et l'arsenic, et il est exposé à d'importantes sources de radioactivité naturelle. Grâce aux bactéries que contient son tube digestif, le ver de Pompéi est protégé contre ces substances toxiques qu'il transforme pour assainir son milieu.

Le ver de Pompéi est sans doute l'animal qui s'accommode le mieux des températures les plus élevées et des milieux les plus toxiques de la planète.

LES PHOQUES DE WEDDELL : DES MAÎTRES PLONGEURS...

Lorsqu'un être humain bien entraîné parvient à descendre à une vingtaine de mètres sous l'eau et à y rester environ trois minutes, on parle d'un exploit. Le phoque, quant à lui, peut aisément s'aventurer dans des profondeurs atteignant 100 mètres et demeurer sous l'eau une vingtaine de minutes. C'est assez impressionnant, mais sans commune mesure avec les exceptionnelles performances du phoque de Weddell, un mammifère de l'Antarctique qui plonge parfois à plus de 500 mètres de profondeur et qui reste en immersion pendant environ 70 minutes pour capturer ses proies, les grandes morues de l'Antarctique.

Pour survivre à ces plongées dans des eaux dont la température peut parfois descendre sous le point de congélation, le phoque est protégé par une épaisse couche de graisse. Mais l'aspect le plus impressionnant de son adaptation concerne sa faculté d'emmagasiner par kilogramme deux fois plus d'oxygène qu'un être humain, ce qui lui permet de tolérer un temps d'immersion autrement insupportable.

Les phoques de Weddell vivent sur les côtes et les banquises de l'Antarctique. Ce sont de gros animaux, le poids d'un adulte se situant entre 350 et 450 kilogrammes. Par comparaison, le poids maximum du phoque commun de l'Atlantique ne dépasse pas 100 kilogrammes. Grâce à l'épaisse couche de graisse qui les protège, les phoques de Weddell peuvent supporter des eaux dont la température descend jusqu'à -1,9 °C.

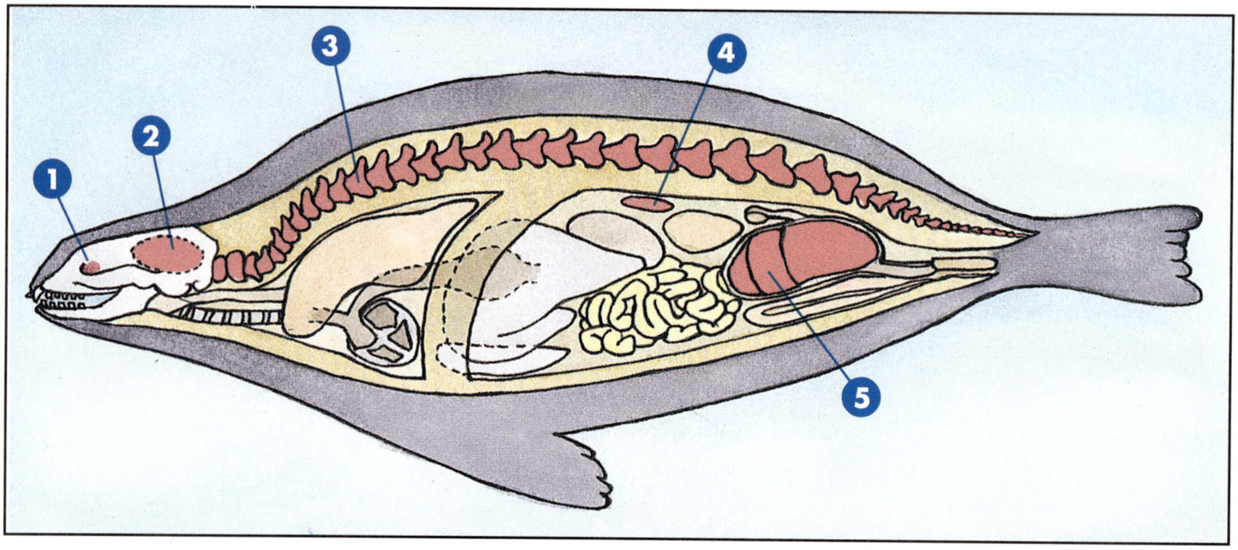

La couleur indique les organes essentiels pour l'orientation et le mouvement qui continuent à recevoir un apport de sang normal au cours de la plongée : l'œil (1), le cerveau (2), la moelle épinière (3), la glande surrénale (4) et le placenta (5).

De plus, afin d'économiser son oxygène, le phoque de Weddell ralentit son rythme cardiaque et la circulation du sang dans ses organes, sauf ceux qui sont essentiels au succès de sa pêche : l'œil, le cerveau et la moelle épinière.

Par ailleurs, en plongeant à de telles profondeurs, le phoque de Weddell est soumis à d'énormes pressions auxquelles il doit aussi s'adapter. Qu'à cela ne tienne, une hormone sécrétée par les glandes surrénales protège son cerveau, alors que ses bronches et ses poumons bénéficient de l'assistance d'anneaux cartilagineux qui forment une espèce de réservoir rigide.

Un peu comme s'il était muni d'un véritable ordinateur, le phoque de Weddell vide complètement ses poumons d'air quand il atteint plus de 40 mètres de profondeur. Il évite ainsi une augmentation de pression de l'azote dans le sang, un facteur qui peut se révéler mortel pour les adeptes de plongée sous-marine.

Si on décidait un jour de rendre hommage à tous les animaux qui ont su s'adapter de façon exceptionnelle à leur environnement, il ne faudrait surtout pas oublier les merveilleux phoques de Weddell...

- Quel animal des milieux extrêmes as-tu trouvé le plus impressionnant ?
- Peux-tu donner d'autres exemples d'adaptation à des milieux extrêmes ?

Écris une fiche zoologique pour présenter un animal de ton choix. Rassemble la documentation pertinente dans des livres, des encyclopédies ou des revues. Compare tes sources pour retenir les plus récentes et les plus sérieuses. Trouve des sous-titres clairs pour décrire chacun des aspects traités dans ta fiche : nom, taille, nourriture, habitat, etc.

Fais les vérifications nécessaires pour corriger l'orthographe d'usage. Méfie-toi des mots qui sont composés des mêmes sons, par exemple : **vert, ver, vers.** ***Penche-toi sur le sens de ces mots pour bien les orthographier. Pense aussi aux cas d'élision :*** **s'il, s'en, c'était, qu'elle,** ***etc.***

MER

La mer écrit un poisson bleu,
efface un poisson gris.
La mer écrit un croiseur qui prend feu,
efface un croiseur mal écrit.
Poète plus que les poètes,
musicienne plus que les musiciennes,
elle est mon interprète,
la mer ancienne,
la mer future,
porteuse de pétales,
porteuse de fourrure.
Elle s'installe
au fond de moi : la mer écrit un soleil vert,
efface un soleil mauve.
La mer écrit un soleil entrouvert
sur mille requins qui se sauvent.

Alain BOSQUET
(*Je ne suis pas un poète d'eau douce*, © Éditions Gallimard)

LA NUIT DE JUIN

Muse, quand le blé pousse, il faut être joyeux.
Regarde ces coteaux et leur blonde parure.
Quelle douce clarté dans l'immense nature !
Tout ce qui vit ce soir doit se sentir heureux.

Alfred DE MUSSET

Espèce menaçante ou espèce menacée ? Dans ce récit en deux chapitres, tu trouveras un problème écologique posé de façon très originale.

HEUREUX QUI, COMME KARINE...

Chapitre 1

AU PAYS DES MARSUPIAUX

« Nous prions tous les passagers de regagner leurs sièges. Nous allons amorcer dans quelques instants notre descente vers l'aéroport international de Cairns. »

J'ai peine à le croire. Quelque 22 heures de vol plus tard, me voilà enfin arrivée au pays des koalas et des kangourous. Il y a des mois que je préparais ce voyage en terre australienne, plus précisément dans le Queensland, un État qui occupe tout le nord-est du pays. C'est une région au climat tropical, réputée pour sa production bovine et ses plantations de canne à sucre.

C'est le branle-bas de combat dans l'avion. L'appareil est maintenant immobilisé sur la piste et tout le monde est debout, passeport à la main. Il y a de l'excitation dans l'air. Une fois les formalités de douane et d'immigration terminées, il ne me restera plus qu'à récupérer mes bagages, et à moi l'Australie ! Je me demande si tante Janet et cousin Samuel sont déjà là pour m'accueillir. Valises en main, j'accélère le pas en direction de la sortie des voyageurs :

« Karine ! Karine ! Bienvenue en Australie chère cousine ! C'est incroyable comme tu as changé !

— Et toi donc, cousin ! Si tu ne m'avais pas fait signe, je me demande si je t'aurais reconnu. Comme il fait chaud !

— Nous sommes en avril, et l'été est terminé ici, comme tu sais. Mais ne t'inquiète pas, car même l'hiver australien n'a rien à voir avec la rigueur de l'hiver européen. Durant cette saison, il fait aussi chaud qu'en Europe l'été. »

J'ai d'ailleurs pu m'en rendre compte en marchant vers le parc de stationnement où nous attend tante Janet. Je dirais même qu'il fait une chaleur torride.

Au cours du trajet, j'ai pu apercevoir au loin les impressionnants plateaux de la Cordillère australienne, qui s'élèvent à plus de 2000 mètres. Ce pays est encore plus beau que je ne l'avais imaginé ! La flore australienne est un pur ravissement pour les yeux. J'avais déjà entendu parler des eucalyptus, mais je ne connaissais pas les « Black Boys », des arbres étranges dont la tête rappelle celle d'un palmier qui aurait hérité des longs piquants de l'oursin.

Nous sommes arrivés à la maison environ 30 minutes plus tard. Mon oncle Raynald et ma cousine Patricia nous y attendaient. Après avoir partagé un léger goûter avec eux, j'ai cependant dû me résoudre à prendre quelques heures de sommeil.

***

Le lendemain, voyant que mon énergie était revenue, Samuel me propose de l'accompagner pour une longue promenade dans la nature. Avant notre départ, il me prévient que je devrai faire attention où je mettrai les pieds, car ce ne sont pas les reptiles et les insectes dangereux qui manquent dans ce coin de pays. Inutile de dire que j'entends suivre ses conseils à la lettre. Récemment diplômé en zoologie, Samuel sait de quoi il parle.

« Ici, la faune est très différente de celle des autres continents. Il y a 160 millions d'années, l'Australie est devenue une île en se détachant du reste de la terre. Les animaux qui y vivaient se sont donc retrouvés isolés et c'est pourquoi ils ont évolué de façon différente de ceux des autres continents.

— Allons-nous voir des koalas ?

— Probablement pas, car il est très difficile d'en apercevoir. Mais tu verras à coup sûr des kangourous, des émeus et bien d'autres sortes d'animaux exotiques, exotiques pour toi bien sûr.

— Il me semble avoir lu quelque part que votre gouvernement avait pris des mesures visant à abattre un bon nombre de kangourous chaque année. J'imagine qu'il doit y en avoir plein, partout ?

— C'est vrai pour les kangourous, mais c'est loin d'être le cas pour toutes les espèces de marsupiaux. Plus fragiles que les mammifères des autres continents, les marsupiaux se reproduisent aussi plus lentement. Et l'introduction sur notre territoire d'espèces européennes comme le mouton, le renard, le rat et le lapin a représenté une grande menace pour la survie de certaines espèces de la faune australienne. De plus, à une certaine époque, les fermiers tuaient tous les animaux sauvages qu'ils trouvaient nuisibles. Cela a malheureusement entraîné l'extinction de plusieurs de leurs espèces. »

En trois heures, nous avons eu l'occasion d'observer quatre kangourous, un vieil émeu, un splendide oiseau-lyre et trois renards volants qui dormaient sous la branche d'un arbre. Eh oui ! Des renards volants ! J'avoue que je ne les ai pas trouvés spécialement beaux; on dirait des vampires. Mais Samuel m'a rassurée. Ces gros monstres ne se nourrissent que de fruits et sont tout ce qu'il y a de plus inoffensifs.

De retour à la maison, Samuel propose que Patricia nous serve de guide pour le lendemain. Au programme : une excursion de plongée sous-marine. Les récifs de la Grande Barrière qui baignent dans la mer de Corail offrent, paraît-il, un spectacle hallucinant.

(À suivre.)

Tu entends souvent parler d'extinction d'espèces, d'espèces menacées, de découverte de nouvelles espèces, etc. Mais qu'est-ce au juste qu'une espèce ? Ce texte t'en donnera une définition assez précise.

QU'EST-CE QU'UNE ESPÈCE ?

Quelle sorte d'animal obtiendrait-on en croisant une girafe et un lion ? Un bœuf et un aigle ? Un castor et un porc-épic ? En fait, il s'agit là d'un jeu d'esprit un peu futile, car on sait depuis très longtemps que de tels croisements entre espèces si éloignées sont impossibles, que ce sont des « chimères ». Mais qu'est-ce au juste qu'une espèce ?

Il y a plusieurs siècles, le naturaliste Carl von Linné s'appliqua à classer les espèces animales et végétales en s'appuyant sur des critères morphologiques, c'est-à-dire sur des ressemblances de forme. Il réunit donc dans une même espèce des individus qui avaient suffisamment de points communs pour être désignés par le même nom. Cependant, Linné n'a pas pu donner de l'espèce une définition précise.

À l'époque de Linné, les scientifiques croyaient que toutes les espèces étaient apparues lors de la création du monde, qu'elles ne changeaient pas et qu'il suffisait donc de les répertorier et de les classer hiérarchiquement dans un arbre, des êtres les plus simples aux plus complexes. Au sommet de la création se trouvait, bien sûr, l'être humain.

Une centaine d'années plus tard, Charles Darwin émit l'idée révolutionnaire, et très choquante pour l'époque, que les espèces n'avaient pas été créées une fois pour toutes à l'origine du monde, mais qu'elles avaient constamment évolué au fil du temps. Il énonça que la sélection naturelle, qui retenait les espèces les mieux adaptées à leur environnement, était à l'origine de la constante transformation des êtres vivants. Dans son système, les espèces concurrentes luttent pour leur survie et les individus les plus vigoureux d'une espèce transmettent leurs caractères à leurs descendants.

De tout temps, les botanistes ont collaboré avec des artistes pour représenter les caractéristiques des espèces végétales. Ces dessins étaient exécutés à partir de croquis faits sur le terrain ou à partir de spécimens conservés dans les herbiers des botanistes.

Comment cette transmission héréditaire se fait-elle ? Darwin ne pouvait répondre avec précision à cette question, car on n'avait pas découvert alors les lois de la génétique, les mécanismes biologiques complexes par lesquels des êtres vivants sexués transmettent leur bagage génétique à leurs descendants.

Aujourd'hui, c'est justement sur le code génétique que se fondent les scientifiques pour préciser la notion d'espèce. Ainsi, les espèces sont définies comme des groupes de populations entre lesquels des échanges génétiques sont rendus impossibles. Cela signifie, en termes plus simples, que des populations animales forment des espèces distinctes quand elles ne peuvent plus se reproduire entre elles, ou qu'elles ne le peuvent que très difficilement.

Ainsi, des animaux à première vue identiques qui vivent dans des niches écologiques différentes, c'est-à-dire dans des milieux différents, peuvent en arriver à s'éloigner génétiquement pour former des espèces distinctes. C'est notamment le cas du rat roussard, un petit rongeur d'Afrique, classé jusqu'à tout récemment dans une seule espèce. Or, une analyse génétique pratiquée sur des spécimens provenant de trois pays différents a révélé qu'il existait entre ces trois populations des écarts génétiques assez importants pour « dresser des barrières d'isolement reproductif », donc pour empêcher toute reproduction entre elles. Des animaux extérieurement identiques, que Linné aurait sûrement classés dans la même espèce, en sont donc arrivés à former trois espèces biologiquement distinctes.

Grâce à l'étude des chromosomes et des gènes, on est maintenant en mesure de détecter de nouvelles espèces et d'établir des liens de parenté plus ou moins lointains entre les différentes espèces. Bien sûr, il reste toujours des zones grises entre les espèces jumelles. Par exemple, deux animaux très apparentés comme le cheval et l'âne peuvent s'accoupler dans une première génération pour donner une mule ou un mulet. Cependant, la mule ou le mulet sera dans la majorité des cas stérile. Les zoologistes appellent « hybridation » une reproduction possible, mais peu fréquente ou peu probable, entre espèces jumelles. Mais il s'agit là de cas d'exception, la plupart des espèces étant séparées par des barrières génétiques assez étanches.

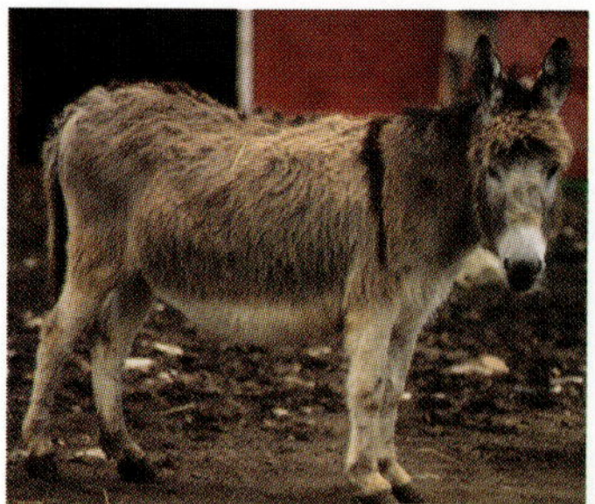

Un âne.

Un cheval.

Des mulets.

- Sur quoi les scientifiques s'appuient-ils aujourd'hui pour définir la notion d'espèce ?
- Après avoir lu ce texte, peux-tu dire si les humains forment une seule espèce ou plusieurs espèces distinctes ?

ATOMES CROCHUS

Carl von Linné (1707-1778)

Carl von Linné est un naturaliste suédois né à Rashult en 1707. Tour à tour médecin et botaniste du roi, il fut nommé professeur à l'Université d'Uppsala en 1741. Grâce à son ouvrage sur la classification des espèces, il est aujourd'hui reconnu comme le père de l'histoire naturelle moderne.

Pendant la Renaissance, les catalogues de botanique devinrent de plus en plus volumineux. C'est que les savants de l'époque trouvaient chaque jour de nouvelles plantes, entre autres celles provenant de l'Amérique récemment découverte, sans arriver à les répertorier de façon commode. Ils les classaient indifféremment selon leurs fruits, leurs graines, leur utilité, ou tout simplement par ordre alphabétique.

Esprit pratique et réaliste, Linné proposa d'attribuer à chaque plante ou animal un nom formé de deux mots latins : l'un précisant le genre, qui faisait référence à un groupe général, l'autre l'espèce, qui donnait la spécificité du sujet concerné. Ainsi, le chien devint *canis familiaris* et le loup, *canis lupus*. En se fondant sur un certain nombre de caractères communs (nombre de pattes, de doigts, la présence de branchies, etc.), Linné créa un grand tableau des êtres vivants formé d'unités qui s'emboîtaient les unes dans les autres : règne, embranchement, classe, ordre, famille, genre et espèce.

Comme les scientifiques de son époque, Linné croyait que les principales caractéristiques des êtres vivants ne pouvaient pas changer, qu'elles étaient immuables. C'est pourquoi il considérait les espèces s'intégrant mal dans son tableau comme des « monstres », des erreurs ou des plaisanteries du Créateur. On a appelé « fixisme » ce courant de pensée. Mais en observant l'un des prétendus monstres se reproduire, il dut finalement admettre que de nouvelles espèces pouvaient apparaître. Il en conclut donc que les genres étaient fixés à l'origine, mais que les espèces étaient « l'œuvre du temps ». Linné posa ainsi les jalons des théories évolutives de Darwin et de Lamarck.

1 **RÈGNE**
animal **végétal** **minéral**

2 **EMBRANCHEMENT**
vertébrés **invertébrés...**

3 **CLASSE**
mammifères **reptiles** **poissons...**

4 **ORDRE**
carnivores **herbivores** **rongeurs...**

5 **FAMILLE**
canidés **félidés** **mustélidés...**

6 **GENRE et ESPÈCE**
Canis lupus

7 **SOUS-ESPÈCE**
loup gris **loup arctique...**

Classer l'ornithorynque aurait été un véritable cauchemar pour Linné. C'est un mammifère qui pond des œufs. Sa bouche est un bec de canard et ses pieds palmés se terminent par de longues griffes. Voilà toute une plaisanterie !

Dans ce texte, tu verras quels sont les principaux facteurs responsables de la disparition des espèces animales ou végétales sur terre.

ESPÈCES ET HABITATS MENACÉS : L'ÊTRE HUMAIN POINTÉ DU DOIGT

Le rhinocéros noir a été si menacé ces dernières années que l'on a craint de voir l'espèce disparaître complètement de la surface du globe. En effet, il a été chassé pour le sport (safari), parce qu'on le considérait comme dangereux et que la poudre de sa corne était utilisée en pharmacologie dans les médecines asiatiques. On se sert encore de cette poudre en Asie pour traiter les cas de fièvre ou d'épilepsie. Alors que le rhinocéros noir était présent dans toute la savane africaine, il n'en existe plus désormais que dans des zones fragmentées.

Chaque jour, on déplore la perte irréversible d'environ 75 espèces d'animaux et de végétaux, soit un taux d'extinction annuel de 27 000 espèces.

La principale cause de ces disparitions ? La croissance phénoménale de l'espèce humaine, qui a envahi presque tous les milieux naturels de la planète.
Il y a 200 ans, il y avait sur terre moins de 1 milliard d'habitants. Il y en a aujourd'hui plus de 5 milliards et les démographes estiment qu'il y en aura 8 milliards dans 20 ans.

Cette explosion démographique a pour effet d'accroître constamment les besoins en nourriture, en combustibles et en produits industriels de toutes sortes. On rase des forêts entières pour construire des maisons, procurer du chauffage et aménager des terres cultivables. On exploite au maximum toutes les ressources naturelles. On maximise le rendement des terres agricoles en utilisant des engrais chimiques, des herbicides et des insecticides qui polluent l'environnement.

Heureusement, diverses mesures commencent à être prises tant sur le plan local qu'international pour lutter contre ces phénomènes. Entre autres, on peut citer la Convention sur le commerce international des espèces de faune et de flore sauvages menacées d'extinction (CITES). Cette convention protège les plantes et les animaux menacés contre la surexploitation en réglementant le commerce international.

Depuis 1973, plus de 118 pays ont ratifié cette convention. Tous les pays signataires travaillent ensemble pour protéger les espèces les plus menacées dans le monde. On estime qu'il y en a plusieurs milliers.

Comment fonctionne la CITES ? Le système de permis d'importation et d'exportation est plus sévère pour les espèces gravement menacées. Celles-ci sont classées en trois catégories, selon le degré de gravité des menaces qui pèsent sur elles. Ainsi, lémures, éléphants, rhinocéros, singes, baleines, ours, félins, beaucoup de tortues, d'ours, d'éperviers et d'aigles bénéficient-ils de mesures particulières. L'échange à des fins purement commerciales de ces animaux est interdit et toute importation ou exportation de l'un d'eux nécessite un permis d'exportation du pays d'origine et un permis d'importation du pays de destination.

D'autres espèces ne sont pas réellement menacées d'extinction, mais bénéficient elles aussi de mesures de sauvegarde. Il s'agit entre autres des oiseaux-mouches, des caméléons, des hiboux, de certains papillons et de certaines espèces de tortues, d'ours, d'aigles et d'autres animaux n'apparaissant pas dans la première liste. Avant toute importation ou exportation, une attestation du pays d'origine de l'animal est indispensable.

Enfin, certaines espèces ne sont pas menacées d'extinction, mais font l'objet de mesures de sauvegarde dans leur pays ou leur région. C'est le cas entre autres du buffle indien (Népal), de l'hippopotame (Honduras) et du morse (Canada). Mais beaucoup reste encore à faire !

PAS SI BÊTE

Des mesures efficaces

Le panda a été menacé d'extinction complète il y a quelques années : le braconnage, la destruction de l'habitat naturel de l'animal et la capture de petits pour les vendre à des zoos avaient décimé l'espèce. Désormais, la tendance s'inverse. La première réserve destinée aux pandas a été créée en 1963 et, aujourd'hui, il en existe 13 dans les zones où vit ce mammifère. De plus, on connaît mieux maintenant le type d'écosystème dont il a besoin pour vivre et, depuis 1989, le WWF a lancé un plan de sauvegarde de l'espèce qui vise notamment à préserver son habitat en modifiant les pratiques forestières. Le tigre de l'Inde, dont la population comptait 1800 têtes en 1972, a lui aussi eu droit aux bonnes grâces des dirigeants politiques. En plus d'en interdire la chasse, le gouvernement indien créa 9 réserves afin que les grands félins puissent se déplacer en toute sécurité. Résultat : on en comptait plus de 4000 en 1986.

L'être humain a mis beaucoup de temps à comprendre l'importance de respecter la diversité des êtres vivants. En agissant pendant longtemps comme un prédateur aveugle, il a mis plusieurs espèces en danger ou provoqué leur extinction. Mais en détruisant des écosystèmes entiers, il a utilisé une arme encore plus redoutable.

Les efforts accomplis jusqu'à maintenant pour protéger l'environnement et la biodiversité commencent à donner des résultats, mais il y a encore tellement à faire...

- Quel facteur joue principalement dans la disparition des espèces ?
- As-tu entendu parler récemment d'autres espèces menacées ? Quels facteurs mettent ces espèces en péril ?

Relis la fiche zoologique que tu as préparée au début du thème. Présente brièvement ton animal dans un paragraphe d'introduction, puis traite de façon plus approfondie dans les paragraphes de développement des relations qu'entretient cet animal avec les autres êtres vivants de son écosystème. Insiste plus particulièrement sur la place qu'il occupe dans la chaîne alimentaire.

Revois attentivement ton texte en isolant les groupes de mots. Fais les accords nécessaires dans les groupes du nom et dans les groupes du verbe.

PAS SI BÊTE

Le grand retour du faucon pèlerin en Wallonie

Le DDT, vous connaissez ? Jadis utilisé à grande échelle par les agriculteurs pour détruire les insectes nuisibles, ce puissant pesticide a nui aux faucons pèlerins, dont la population mondiale s'est mise à chuter de façon dramatique à partir des années 40, au point de disparaître complètement de notre pays dans les années 70. Si rien n'avait été fait, ces beaux oiseaux de proie seraient tout bonnement disparus de la surface du globe. Soulignons, entre autres actions efficaces, l'intervention de plusieurs groupes écologistes qui se sont mobilisés pour faire retirer du marché le DDT, et la mise sur pied de divers programmes d'élevage de fauconneaux visant à reconstituer la population décimée. En Belgique, comme ailleurs dans le monde, on assiste à présent au grand retour du faucon pèlerin. Et il est intéressant de constater qu'en l'absence de milieux naturels propices, ces oiseaux profitent des constructions humaines pour installer leur nid. Si, en Amérique du Nord, ils nichent en pleine ville sur le toit des gratte-ciel, chez nous, ils choisissent plutôt les nichoirs artificiels installés pour eux sur les tours de refroidissement des centrales électriques. Au printemps 1999, ce sont 13 jeunes faucons qui se sont envolés dans la vallée de la Meuse liégeoise. Souhaitons-leur bon vol et bonne chance !

Tu aimerais faire des actions bien concrètes pour améliorer la qualité de l'environnement ? Les exemples qui te sont donnés dans ce texte sauront sans doute t'inspirer.

PETIT À PETIT L'ENVIRONNEMENT SE BONIFIE...

UNE ASSOCIATION DYNAMIQUE

L'Association Nicolas Hulot pour la nature et l'homme est née en 1996. Son but est de promouvoir les actions en matière de protection de l'environnement et de sensibilisation des jeunes en âge scolaire. Elle offre notamment aux écoles la possibilité de créer des clubs axés sur un intérêt écologique. Une trentaine de clubs existent aujourd'hui en Belgique et ils bénéficient d'un soutien logistique, scientifique, médiatique et financier. Les activités qui y sont menées sont variées : entretien et gestion d'une zone naturelle, création de sentiers didactiques, cuisine verte, sorties nature, recyclage de déchets, découverte du monde aquatique. Certains projets se voient même octroyer une bourse et tous bénéficient du réseau constitué par les différents clubs. Des idées s'échangent, car il y a plus dans plusieurs têtes que dans une seule et des synergies s'établissent entre associations, écoles, entreprises et administrations. L'Association publie également une revue bimestrielle, *Ma Planète*, des dossiers thématiques, des CD-Rom et dirige une collection d'ouvrages consacrés à l'environnement. Penser globalement et agir localement : telle pourrait être la devise de l'Association. En effet, si une concertation en matière d'environnement est indispensable, c'est sur le terrain que doivent être menées les actions. Et les jeunes sont souvent de bons défenseurs de la nature. Ils peuvent souvent (ré)éduquer leurs proches en matière, notamment, de gestion des déchets ! De plus, les enfants et adolescents impliqués dans ces projets apprennent aussi à gérer un projet et acquièrent ainsi de nombreuses responsabilités qui pourront leur servir dans leur développement personnel.

Nicolas Hulot répond aux questions des jeunes.

Tombée de la branche
Une fleur y est retournée :
C'était un papillon !

MORITAKE
(*Anthologie de la poésie japonaise*,
© Éditions Gallimard)

Expérimentations liées au thème de l'eau.

LES PLANTES À NOTRE PORTÉE

Le service éducatif du Jardin botanique national, situé à Meise, propose une foule d'activités pédagogiques liées aux collections de plantes du site (93 hectares) et dans les serres. Des jeux et des activités de découverte permettent de réfléchir aux conséquences parfois dramatiques de nos modes de consommation sur la forêt équatoriale et de trouver des alternatives. Les activités sont basées sur l'observation, l'analyse active et l'expérimentation et durent une demi-journée ou une journée complète. Différents thèmes de visite sont possibles : cacao, plantes médicinales, découverte des arbres, écologie de la forêt tropicale, adaptation des plantes en milieu hostile.
De nombreuses écoles viennent chaque année visiter le domaine qui accueille aussi les visiteurs isolés et les groupes non scolaires.

Que n'ai-je un pinceau
Qui puisse peindre les fleurs du prunier
Avec leur parfum !

SHÔHA
(*Anthologie de la poésie japonaise*, © Éditions Gallimard)

RÉSERVES ÉDUCATIVES

Le WWF, Fonds mondial pour la nature, s'est donné pour mission de préserver les environnements naturels. Dans ce cadre, il propose des projets aux enseignants afin d'impliquer leurs élèves dans la gestion de réserves naturelles. Pour créer une réserve près de son école, quel terrain faut-il pouvoir utiliser ? Théoriquement, tout terrain peut convenir. La création des milieux suivants est cependant conseillée : une mare, une haie champêtre et un pré de fauche. La réserve devra constituer une démonstration vivante de l'écologie, être un lieu d'expérimentations et présenter un modèle concret de conservation de la nature. Le WWF publie une série de dossiers pédagogiques et prodigue des conseils aux écoles qui souhaitent se lancer dans cette belle aventure.

JARDINAGE BIOLOGIQUE

Les écoles libres de Nivelles organisent des tris sélectifs en récupérant les déchets qui pourront être par la suite recyclés. Une des écoles organise des activités autour d'une mare et une autre pratique le jardinage écologique. Les élèves sont responsables d'une parcelle par équipe de deux ou trois. Ils peuvent ainsi découvrir sur le terrain comment réaliser de l'engrais biologique ou prendre conscience du rôle des insectes dans un jardin. Un projet européen est également à l'étude. Il sera consacré à l'épuration des eaux : sensibilisation et conseils pour réduire la consommation ménagère.

Découverte des plantes exotiques au Jardin botanique national.

CLASSES DE PLEIN AIR

Les élèves de l'Institut Albert Ier d'Enghien ont la chance de bénéficier de la proximité du parc de la ville. Des guides nature les y emmènent régulièrement. De même, les classes de plein air les sensibilisent à la protection de la nature. Au programme, visite de sites (les Fagnes ou La Reid et ses loups, par exemple), mais aussi contact sensoriel avec la région : observer la flore, toucher des écorces les yeux fermés, réaliser du parfum avec des essences naturelles, marcher dans les tapis de feuilles mortes ou dans l'eau, écouter le silence de la nature.

La plupart des élèves gardent un souvenir très fort de ces expériences. Qui découvre les beautés de la nature ne peut que désirer les protéger.

À l'école communale Sans Souci n° 2 d'Ixelles, on aime aussi la nature ! Les élèves se rendent régulièrement à la réserve naturelle de Boitsfort, toute proche, pour des excursions d'un jour. L'observation et la compréhension des milieux naturels favorisent une attitude responsable face à la surconsommation ou la gestion des déchets. Les élèves réalisent des expériences et, comme ils reviennent souvent, ils peuvent observer l'évolution des plantes examinées.

RECYCLAGE

Les enseignants et les élèves du Collège d'enseignement catholique de Gembloux n'ont pas peur de se salir les mains ! Différentes activités ont été mises sur pied ces dernières années quant au recyclage des déchets, notamment un miniparc de tri. Celui-ci est né d'un constat navrant : la ville, comme beaucoup d'autres, comporte des dépôts clandestins d'immondices. Comment y remédier ? À l'école, on trie et on stocke les déchets de façon à pouvoir les confier au centre de tri de la ville ou à en réutiliser certains. Ainsi, les élèves recyclent du papier pour en faire une sorte de papier carton qui sert pour les cours de dessin.

- À première vue, quelle action te semble la plus bénéfique pour l'environnement ?
- Est-ce que ce texte t'a donné des idées ? Lesquelles ?

Pense à une action que tu pourrais faire pour améliorer la qualité de l'environnement dans ton milieu. Fais ensuite la promotion de cette action en réalisant une affiche. Trouve des slogans accrocheurs et des formules frappantes afin que l'affiche capte l'attention des camarades de l'école.

N'oublie pas que dans une affiche les phrases sont généralement courtes et percutantes. Efforce-toi de créer des images fortes en faisant des comparaisons, en créant des rapprochements inattendus de mots et en choisissant de bons adjectifs.

HEUREUX QUI, COMME KARINE…

Chapitre 2

AU PAYS DES RÊVES

La beauté des récifs de la Grande Barrière est à couper le souffle. Je n'ai jamais rien vu d'aussi coloré. Patricia m'a expliqué que le corail est une sorte de calcaire formé par l'agglomération de petits coquillages et que ses splendides couleurs sont créées par des algues minuscules qui poussent à sa surface. Quelle chance de pouvoir ainsi se promener en compagnie de poissons-clowns, de poissons-papillons, sans compter tous ceux dont je n'arrive pas à me rappeler le nom !

Patricia a apporté son arbalète, qu'elle tient en bandoulière, et Samuel son appareil photo, qu'il garde à la main. Notre balade sous-marine ressemblait à un merveilleux rêve... jusqu'à ce que…

À quelques mètres à peine au-dessus de Samuel, concentré sur sa chasse aux images, se profile une énorme silhouette grise. Dans ma poitrine, mon cœur bat si fort que j'ai l'impression d'entendre la sinistre trame sonore d'un film à sensation. Je suis littéralement paralysée. Des images défilent à une vitesse folle dans ma tête. Sommes-nous en train d'écrire la suite du scénario des *Dents de la mer* ?

L'énorme squale plonge lentement. Il va frôler Samuel. Avec l'énergie du désespoir, le souffle coupé, je m'empare de l'arbalète de Patricia, qui n'a rien vu de la scène. J'ai dû viser et tirer par réflexe, sans m'en rendre compte. Heureusement que j'avais à mon actif trois années de pratique au tir à l'arc et à l'arbalète. Chaque soubresaut du requin, car il s'agit bien d'un requin, est suivi d'une traînée rougeâtre. Puis plus rien. L'énorme cadavre coule à pic, m'arrachant au passage l'arbalète que j'avais toujours dans les mains.

***

Prise de panique, Patricia nous tire brusquement par les bras en nous faisant signe de remonter. Dans le canot qui nous ramène à Green Island, où nous avions loué mon équipement, Samuel et Patricia affichent des têtes d'enterrement. Un malaise s'est installé entre nous. Ils n'osent même pas me regarder.

« Eh bien quoi ? Ne me remerciez pas trop, quand même... »

À ma grande surprise, je constate que Patricia fulmine de colère.

« C'est extrêmement dangereux ce que tu as fait là, Karine ! Le sang de ce requin aurait pu en attirer des dizaines d'autres. Et si tu avais raté ta cible, le requin, lui, ne nous aurait pas épargnés !

— Quoi ? Crois-tu qu'il voulait seulement nous dire bonjour en passant ? Ou se faire prendre en photo, peut-être ?

— Tu sais, Karine, poursuit Samuel sur un ton plus calme, ce ne sont pas tous les requins qui sont dangereux pour l'être humain. Sur 250 espèces, une trentaine seulement sont considérées comme dangereuses.

— Mais j'étais certaine qu'il allait te dévorer...

— Il venait probablement vérifier à quelle espèce animale nous appartenions. Les humains ne sont pas le plat favori des requins, et quand il y en a un qui tue un être humain, la plupart du temps, c'est par erreur.

C'est qu'il aura, par exemple, confondu un surfeur, à cause de la forme de sa planche, avec une tortue de mer ou un phoque. Certains requins peuvent aussi réagir de cette façon quand ils se sentent en danger, mais ces cas sont assez exceptionnels. Les attaques de requins ne font pas plus de 30 morts par année dans le monde, alors que les piqûres de guêpes n'en font pas moins de 1000.

— Alors j'aurais dû rester là sans bouger ? J'aurais dû attendre qu'il te croque la tête pour vérifier d'abord ses intentions ? »

Je suis en colère moi aussi, mais au fond, la culpabilité commence à me peser.

** *

Aussitôt arrivés dans l'île, Patricia et Samuel racontent l'incident à l'agent de préservation de la faune, qui s'approche de moi avec un regard sévère.

« Comme ça, vous chassez le requin, jeune Belge ? Ne saviez-vous pas que c'est formellement interdit par la loi australienne ? Les requins font partie des espèces en voie d'extinction.

— Vraiment ? Alors j'aurais dû laisser celui-là nous dévorer pour favoriser la survie de l'espèce !

— Non, évidemment, ajoute tout de même l'agent sur un ton plus doux. Vous avez fait preuve de courage. Et nous savons que le requin que vous avez vu peut être très dangereux. En effet, le « White Pointer » ou requin blanc, qui mesure 6 m de long et pèse plus de 700 kg, est reconnu pour être le plus grand carnivore marin. Et il a la réputation d'avaler à peu près n'importe quoi. Au XVIe siècle, un naturaliste français a rapporté qu'on avait trouvé dans l'estomac d'un requin blanc un soldat... avec son armure et son cheval ! Mais il faudra tout de même que je fasse un rapport aux autorités.

— Pourquoi alors vouloir les protéger ? Ce sont des ennemis, non ?

— L'être humain est le plus grand prédateur de la planète. Faut-il pour autant l'exterminer ? Chaque espèce est importante pour l'équilibre des écosystèmes, et les requins ne font pas exception à la règle. En éliminant les poissons malades, par exemple, les requins contribuent à la santé de la faune marine. Malheureusement, on pêche des millions de requins chaque année. Aux États-Unis, on trouve maintenant des darnes de requin dans les supermarchés et dans les restaurants. Dans certains pays asiatiques, on capture les requins vivants, on leur coupe les ailerons et on les rejette à l'eau. Pour faire un potage ! Ce n'est pas agir en ennemi, ça ? À mon avis, c'est le requin qui est l'espèce menacée, non l'être humain. »

Au cours des semaines suivantes, j'en ai appris beaucoup sur les requins et je me suis peu à peu remise de mes émotions. Que j'aie réussi à tuer du premier coup une bête aussi énorme restait un grand mystère pour les spécialistes consultés. Certains émirent l'hypothèse que le requin était déjà agonisant et que ma flèche n'avait que hâté sa mort. Je voulais bien croire à cette hypothèse qui me déculpabilisait.

AU PAYS DES CULICIDÉS

Quelques mois après mon départ d'Australie, Samuel est venu passer quelques semaines de vacances chez nous. Le lendemain de son arrivée, je lui propose une leçon de tir à l'arc en visant une cible placée à une vingtaine de mètres.

« Bravo, Karine ! En plein milieu du cercle ! »

Je remarque alors qu'un moustique me tourne autour du bras gauche. Pourquoi l'éliminer ? Encore profondément marquée par mon « cauchemar australien », je ne peux me résoudre à tuer ce petit insecte simplement parce que je le trouve nuisible ou énervant. Qu'il me pique s'il en a envie. Je n'en mourrai pas après tout ! Et puis je sais que s'il pique, c'est que ce moustique est une femelle qui doit nourrir ses centaines de larves, des larves qui deviendront... autant de moustiques, un important maillon de la chaîne alimentaire.

Tout bon zoologiste qu'il soit, Samuel ne semble pas partager ma philosophie sur ce point. Il se gratte rageusement la nuque.

« Aïe ! Ces bestioles sont de vraies mangeuses de chair !

— Samuel, crois-tu qu'il existe une société protectrice des moustiques ?

— Sûrement pas ! Et ne compte pas sur moi pour en fonder une... »

Après avoir éliminé, d'un commun accord, quelques-uns de ces bimoteurs, nous nous sommes vite réfugiés dans la maison familiale. Qui sait, ce soir, c'est peut-être Samuel qui fera un « cauchemar belge » ?

- Quelle problématique écologique ce texte pose-t-il ?
- Toi, de quel problème environnemental t'inspirerais-tu pour écrire un récit ?

Dans ce texte, on te présente quatre scientifiques qui font de la recherche de pointe en matière d'environnement. Lis ces portraits qui te donneront peut-être envie de faire toi-même carrière dans le domaine scientifique.

MÉTIERS DE L'ÉCOLOGIE

ALAIN PEETERS : LA BIODIVERSITÉ DE NOS PRAIRIES

Professeur à la faculté des sciences agronomiques de l'Université catholique de Louvain, Alain Peeters travaille depuis 7 ans à la restauration de la biodiversité dans les prairies, au bord des routes, des parcelles agricoles, des sentiers et des friches industrielles.

Financées par la Région wallonne ou par l'Europe, ces recherches regroupent des scientifiques de divers pays, notamment du Royaume-Uni, de l'Espagne et des Pays-Bas. et visent à comprendre les raisons de l'apparition de cette biodiversité. Ainsi, si le sol est trop pauvre, ou trop riche, le nombre d'espèces végétales diminue. Les chercheurs réalisent donc des expériences sur la compétition entre les différentes espèces, leurs périodes de multiplication, leur entretien optimal. On détermine, par exemple, combien de fauches par an leur sont nécessaires. Les agriculteurs reçoivent désormais des primes pour protéger les prairies riches en espèces.

La faculté organise également la promotion de ces mesures en sensibilisant les agriculteurs à la question. Les prairies où poussent de nombreuses espèces de plantes produisent peut-être un fourrage moindre et de qualité moyenne par rapport à une prairie traitée à l'engrais, mais il est suffisant pour nourrir une partie du bétail, notamment les génisses. De plus, on peut laisser des bandes libres autour des grandes parcelles agricoles afin de favoriser la croissance de ces espèces.

L'avantage des jachères, pour autant qu'elles soient bien semées et fauchées tardivement (en août), est de favoriser la reproduction d'oiseaux nichant au sol (alouettes) ou de lièvres. La diversité animale est donc favorisée.

La biodiversité concerne différentes sections de cette université : les sciences agronomiques, les sciences pures (biologie), et même l'administration et la gestion. Ainsi, les étudiants observent ce phénomène aussi bien en regard de la génétique (étude des gènes, reproduction) que de la gestion d'un écosystème où l'on étudie les différentes espèces (étude complète d'une forêt).

Des techniques de pointe sont utilisées par les chercheurs (télédétection par satellite, analyses génétiques, écologie de terrain, agronomie, économie) dont les découvertes sont utilisées par le ministère de l'Équipement et des Transports (lors de la construction d'une autoroute ou de l'aménagement d'un cours d'eau) et par certaines villes (création d'espaces verts).

JACQUES GEORIS : UNE NOUVELLE PÂTE À PAPIER

Jacques Georis vient de terminer sa thèse de doctorat au Centre d'ingénierie des protéines de l'Université de Liège sous la direction du professeur Jean-Marie Frère. Depuis 5 ans, il étudie une famille d'enzymes appelées xylanases. Ces enzymes pourraient être utilisées pour blanchir les pâtes à papier et réduire ainsi la quantité de chlore utilisé lors de ce blanchiment.

En effet, la pâte à papier, obtenue après cuisson des copeaux de bois, présente une couleur brunâtre. Cette coloration brune est éliminée par des traitements chimiques nécessitant notamment des produits chlorés qui, malheureusement, provoquent la formation de composés toxiques qui sont ensuite relâchés dans l'environnement. L'utilisation préalable d'enzymes permet de réduire la quantité de produits chlorés nécessaires au blanchiment tout en améliorant la blancheur finale de la pâte. Il faut noter que la pâte à papier provenant de la cuisson présente une température élevée. Ces enzymes doivent donc être stables et actives à haute température.

Dans cette optique, nous avons entrepris l'étude d'une de ces enzymes. La première étape a été d'isoler le gène et d'en analyser la séquence (combinaison de quatre éléments constitutifs de toute cellule). Après cela, nous avons produit et purifié cette enzyme en grande quantité afin d'étudier certaines de ses caractéristiques structurales et son activité à différentes températures. Après cela, nous avons analysé sa structure tridimensionnelle par modélisation moléculaire (procédé mathématique qui permet de déterminer la structure en trois dimensions d'une protéine). Cette étude a pour but de rechercher les sites de l'enzyme présentant une certaine instabilité afin de les modifier par génie génétique et d'accroître ainsi ses performances.

Ces travaux nous ont permis d'identifier et de modifier une position de l'enzyme (les protéines bougent dans l'espace et n'ont pas toujours la même position) afin d'en améliorer l'activité et la stabilité aux plus hautes températures. Dans un proche avenir, cette modification pourrait également être applicable à d'autres enzymes de la même famille et de nouvelles modifications permettent d'envisager de nouveaux résultats encourageants en vue d'obtenir ou de créer une enzyme répondant parfaitement aux besoins de l'industrie papetière.

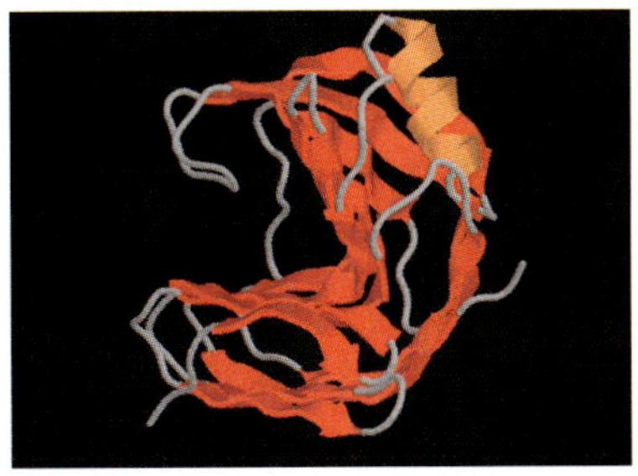

Structure tridimensionnelle d'une xylanase (enzyme) de la famille 11.

Selon Alain Peeters, l'agronomie peut faire entrer en contact différents spécialistes, y compris des économistes. L'écologie au quotidien demande une bonne interaction entre ces différents acteurs. Que penses-tu de cette affirmation ? Relis le texte du scientifique et discutes-en avec tes camarades.

MARC CULOT : ANALYSE DE COMPOSTS ET D'EAUX POTABLES

Après des études d'agronomie, Marc Culot s'est spécialisé en microbiologie. Il enseigne l'écologie microbienne ainsi que d'autres matières qui traitent de l'environnement à la faculté universitaire des sciences agronomiques de Gembloux.

L'ingénieur agronome reçoit une formation très variée qui s'écarte souvent de l'agriculture. Peut-être s'appellera-t-il d'ailleurs bientôt « bioingénieur » pour mieux indiquer qu'il est concerné par tout ce qui touche de près ou de loin à la biologie. L'enseignement reçu va de la production et de la protection des denrées alimentaires ou des forêts jusqu'aux maladies animales et même humaines, en passant par l'étude des insectes, des sols, des climats, des machines agricoles, des cours d'eau, de l'économie... Ceci est important, car lorsqu'on s'intéresse à l'environnement, on doit tenir compte de nombreux aspects en même temps, parce que tous les éléments de la nature sont en relation les uns avec les autres.

Depuis une dizaine d'années, je travaille sur plusieurs sujets qui ont tous un rapport avec la protection de l'environnement, ici en Belgique et dans les pays en voie de développement. Ce qui me tient à cœur à l'heure actuelle, c'est d'essayer de trouver et de proposer des solutions pour épurer les eaux plus efficacement et pour gérer correctement les déchets. Cela afin de réutiliser le mieux possible la matière organique qui s'y trouve et ainsi réduire les pollutions des sols, des eaux et éviter le gaspillage des matières organiques et minérales tout en limitant les apports d'engrais et de pesticides en agriculture. Ces solutions devraient contribuer à ce que l'on appelle une « gestion durable de l'environnement ». Ceci sous-entend qu'il faut atteindre un recyclage important des éléments minéraux. Ceux-ci viennent du sol, sont emportés par les plantes cultivées et doivent être remis autant que possible dans les sols grâce à des composts réalisés avec des déchets organiques qui contiennent ces éléments minéraux.

Mais les composts doivent être bien faits pour être de bonne qualité et pour éviter d'être toxiques pour les plantes. Mon laboratoire fait des analyses de ces composts, ainsi que des eaux de rivières, des eaux potables, afin de surveiller la qualité de l'environnement.

En Afrique, par exemple, nous recherchons et expérimentons des solutions pour garantir un approvisionnement correct en eau potable, non contaminée par des polluants chimiques et par des bactéries pathogènes, et pour produire plus de nourriture en utilisant les déchets organiques transformés en composts de qualité pour remplacer les engrais, trop chers et souvent trop polluants.

FRANÇOIS MALAISSE : LA PHYTOREMÉDIATION

François Malaisse est lui aussi enseignant à la faculté universitaire des sciences agronomiques de Gembloux. L'un des projets qu'il coordonne concerne la phytoremédiation, c'est-à-dire la remise en état de sites chargés en métaux lourds par l'utilisation de plantes.

Certaines plantes, véritables aspirateurs de pollution, permettent d'extraire des terrains contaminés les particules solides ou les eaux polluées et aussi de stabiliser les sols.

Pour ce faire, on utilise trois mécanismes : la phyto-extraction, la rhizofiltration et la phytosensibilisation.

La phytoextraction permet d'extraire du sol les matières métalliques nocives par les racines de la plante. Les produits toxiques vont alors transiter vers la partie aérienne de la plante et s'y accumuler. La plante en question sera ensuite récoltée pour être incinérée ou traitée de manière à en extraire le métal en question. Cette procédure sera répétée jusqu'à ce que le sol ne soit plus pollué.

Dans la rhizofiltration, c'est-à-dire la filtration par les racines, le métal présent dans l'eau polluée vient se déposer sur les racines de la plante qui l'aspire.

Enfin, en phytosensibilisation, on utilise la capacité de certaines plantes à immobiliser les produits polluants du sol ou des eaux en les accumulant soit dans leurs racines, soit dans le sol qui les entoure. Ce procédé permet d'éviter que les métaux lourds ne se retrouvent dans les eaux souterraines ou qu'ils se dispersent dans l'air.

Dans certains pays où l'industrie minière est ou a été fort active (Afrique du Sud, Congo, Zambie, Chili, Zimbabwe), ces diverses méthodes permettent de nettoyer les sites pour les réhabiliter. Les sols peuvent ainsi être réutilisés pour l'agriculture. Les scientifiques ont identifié des plantes particulièrement aptes à nettoyer les sols et les ont classées selon le métal à éliminer (cuivre, plomb...) et selon les conditions climatiques de la zone en question (sèche, humide...). Cette méthode peu chère et qui permet de replanter des sites déserts va certainement être de plus en plus utilisée au fil du temps.

- Quelles informations de ces textes as-tu trouvées les plus surprenantes ?
- Est-ce que tu aimerais plus tard t'orienter dans un de ces domaines de recherche scientifique ? Explique.

LE MONDE À L'ENVERS

Un jour où je dormais les yeux ouverts,
j'ai rêvé qu'après un grand tremblement de mer
le monde entier fonctionnait à l'envers.
Les Esquimaux se retrouvèrent en paréos
et les Hawaïens dans des igloos,
les libellules rampaient comme des limaces,
les tortues fendaient l'air de leur carapace,
les escargots filaient à toutes pattes
et les zèbres pesants laissaient passer les mille-pattes.
Les poissons perchaient dans les bois,
les oiseaux nageant chantaient sous l'eau à pleine voix.
Les crabes marchaient droit, les arbres plantaient
leurs racines dans l'espace, les nuages se roulaient
dans la mer et les vagues bruissaient blanches dans le ciel.

Et moi je marchais à travers tout cela,
la tête en bas, et tout émerveillée
je souriais de tous mes orteils.

Lucie Spède
(*Je pars en nuage*, © Pierre Zech Éditeur)

- Quel est ton poème préféré ? Pourquoi ?
- Peux-tu à ton tour écrire un poème sur la nature ou la vie ?

BIEN DANS SA PEAU !

SECTES : UNE NÉBULEUSE

L'adolescence est une période de doutes, de questionnement : le jeune remet en question le mode de vie et les valeurs qui lui viennent de son éducation et les confronte à d'autres modèles. Cette attitude est normale et saine : chacun doit construire ses propres repères. Pour ce faire, côtoyer d'autres gens, d'autres groupes que les références parentales ou scolaires est intéressant.

Mais certains groupes peuvent se révéler dangereux. Proposant ce qui semble au départ un projet ambitieux, humanitaire, par exemple, ils finissent par couper leurs membres du reste du monde, de leurs amis, de leur famille.

Il n'existe pas de définition neutre du terme de secte. Aussi, de nombreux chercheurs parlent d'*organisations sectaires nuisibles*. Ces groupes, à vocation philosophique ou religieuse (ou se présentant comme tels), se livrent à des activités illégales, nuisent à la dignité humaine ou lui portent atteinte. La liberté de penser doit être préservée et certains groupes, même si leurs membres présentent une image avenante, pratiquent un recrutement mensonger (on ne donne jamais le nom du groupe, ou les noms varient d'un interlocuteur à l'autre), maltraitent leurs membres physiquement ou psychologiquement, demandent des sommes d'argent inconsidérées, imposent à leurs membres de rompre avec leurs proches.

Dans la plupart des ces mouvements, le recruteur agit comme un ami et fait des confidences à la recrue potentielle qui, elle aussi, se confiera. Le recruteur sait alors quelles sont les faiblesses de son interlocuteur. Généralement, l'engagement est graduel : on ne va pas demander tout de suite au nouvel adepte de déménager ou de cesser toutes ses activités. Les demandes seront progressives : cesser d'aller au club de foot, voir ses amis plus rarement... Les groupes nuisibles recourent aussi souvent au *love-bombing* : on entoure le nouveau venu d'attention, de chaleur humaine, on le complimente, on flatte son amour-propre. Difficile de rester lucide quand on vous dit sans arrêt que vous êtes quelqu'un de valeur, intelligent et merveilleux ! Enfin, les membres exercent les uns sur les autres un contrôle permanent : tout doute est alors immédiatement repéré et sanctionné.

Chacun d'entre nous fait partie de plusieurs groupes : club de sport, mouvement de jeunesse, atelier de théâtre... Comment savoir si ce ne sont pas des sectes ? Tout d'abord, il faut rester lucide : beaucoup de mouvements sont sains et ne présentent aucun danger. Néanmoins, une certaine vigilance s'impose. Ainsi, il convient de pouvoir garder son autonomie de jugement. A-t-on le droit de douter ou est-ce mal considéré ? Le fonctionnement de groupe est-il transparent ? Quelle est l'attitude des membres vis-à-vis de non-membres ? Le membre peut-il continuer à fréquenter une école ou d'autres groupes ? Ces questions sont importantes.

Tout individu a le droit d'être prudent. Si un inconnu ou même un ami vous invite à une réunion, quelle qu'elle soit (cours de langue, discussion biblique, techniques de relaxation, simple sortie entre « gens très sympathiques »...), vous avez le droit de refuser de laisser vos coordonnées, de poser des questions, de vous renseigner auprès d'une bibliothèque publique ou d'un centre de documentation spécialisé. Et le droit de dire non dès la première invitation, et même plus tard, si vous avez participé à plusieurs réunions. Il ne s'agit pas de se méfier de tout le monde, ce qui serait triste, mais de garder les pieds sur terre.

HUMANO MANIE

Bien dans mon corps !

À l'exception de la première année de la vie, l'adolescence est la période pendant laquelle le corps change le plus rapidement. Une véritable explosion de croissance se produit et, pour certains adolescents et adolescentes, une telle métamorphose est parfois bien surprenante. En général, la croissance chez les filles atteint sa vitesse maximale autour de 12 ans, soit environ 2 ans avant les garçons.

Presque toutes les parties du corps augmentent en poids et en volume. Les garçons développent plus de masse musculaire et les filles, plus de tissus adipeux. On observe également, tant chez les garçons que chez les filles, un accroissement des glandes sudoripares. Et bien que l'altération de la voix, appelée mue, soit davantage perceptible chez les garçons, elle se manifeste aussi chez les filles.

Parmi tous les changements physiques qui ont lieu à l'adolescence, ceux qui sont en lien avec la maturation sexuelle occupent une place bien spéciale.

Mais c'est sans doute l'attirance physique, dès lors plus vive, qui influe le plus sur la prise de conscience de son corps, prise de conscience qui peut, à certains moments, provoquer des inquiétudes, de la gêne ou des déceptions. Tout cela est bien normal, et il appartient à chacun de tirer le meilleur parti de cette période d'adaptation physique parfois un peu difficile, tout en respectant les règles d'une bonne hygiène physique. Il est aussi suggéré de prendre un certain recul par rapport aux stéréotypes sociaux, c'est-à-dire aux modèles physiques véhiculés notamment dans les annonces publicitaires.

Sais-tu quelle sorte de personne tu es ? Ce test te permettra de découvrir certains traits dominants de ta personnalité.

QUI SUIS-JE ?

Contrairement à bien d'autres, ce test n'a pas été conçu pour que tu n'aies qu'à cocher la bonne réponse. Les exercices qui s'y rattachent doivent être perçus comme des occasions de mieux te connaître. En prenant conscience de ta façon particulière d'être et d'agir, tu pourras ainsi mieux comprendre certaines de tes attitudes. Dans ce contexte, toutes les réponses sont bonnes !

1 Extraversion ou introversion ?

Dresse tout d'abord la liste de tes principales activités quotidiennes durant les fins de semaine.

Représente-les ensuite de façon proportionnelle à leur importance en réalisant un diagramme circulaire semblable à celui qui suit.

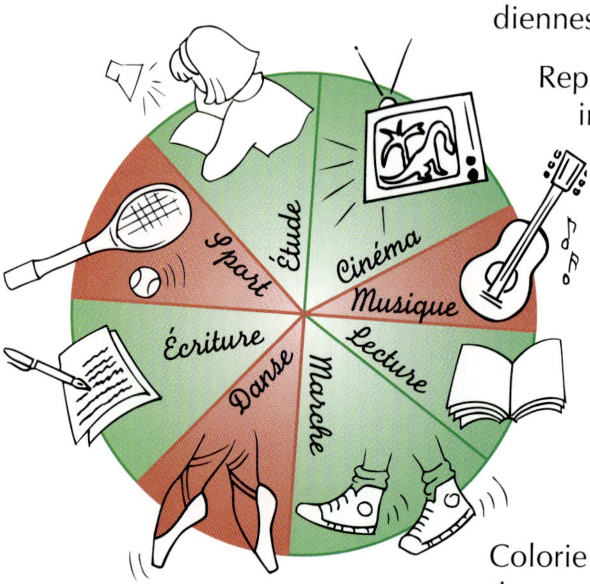

Colorie maintenant en rouge les portions où tu es en interaction avec les autres, avec le monde extérieur. Colorie en vert celles où tu es plutôt solitaire.

2 Sensation ou intuition ?

Dresse la liste des 10 éléments que tu prendrais en considération pour décrire ta classe.

3 Pensée ou sentiment ?

Ton meilleur ami ou ta meilleure amie t'envoie le message suivant. Réponds-lui.

Tous les gens de mon entourage ne cessent de me répéter que je suis trop sensible. On me dit que je m'en fais beaucoup trop pour les autres et que mes réactions aux personnes et aux événements sont exagérées. Crois-tu que c'est vraiment un problème ? Et si oui, comment le régler ? J'attends ta réponse avec impatience...

INTERPRÉTATION DES RÉPONSES

Les interprétations qui suivent doivent être considérées comme des points de repère qui t'aideront à identifier certains traits dominants de ta personnalité.

1 Extraversion ou introversion

Si ton cercle contient une plus grande part de rouge, c'est que tu es plutôt du type extraverti, c'est-à-dire qu'une bonne part de ta vie est tournée vers le monde extérieur. Serait-il exagéré de dire qu'en règle générale tu agis d'abord et que tu penses ensuite, et que tu as même tendance à exprimer tes pensées en public à haute voix ? Quoi qu'il en soit, les occasions de contact avec les autres te réjouissent, peut-être plus encore lorsqu'elles n'ont pas été prévues ou annoncées. Et, bien sûr, tu as de la facilité à t'exprimer. Mise sur ces aptitudes qui sont naturelles chez toi et essaie de ne pas dire tout ce qui te passe par la tête.

Si tu as dans ton cercle plus de vert que de rouge, c'est que ton profil correspond davantage à celui d'une personne introvertie, c'est-à-dire que ta vie est plus intérieure. La plupart du temps, tu réfléchis longuement avant de parler ou d'agir, tu aurais même tendance à t'abstenir de parler ou d'agir. Appréciant la rêverie et la solitude, tu n'aimes guère les rencontres non planifiées, surtout avec des inconnus. En groupe, tu préfères nettement plus écouter que parler. Continue de développer tes aptitudes naturelles pour l'écoute et la réflexion, et apprends à résister à ton désir de te retirer dans ton monde.

2 Perception des choses : mode sensation ou intuition

Si les points que tu as énumérés sont surtout des réalités concrètes telles que le nombre d'élèves ou de bureaux, le matériel de classe, la teinte et la taille du local, l'âge des camarades, et si en plus tu as classé les éléments selon un ordre d'importance, tu es probablement d'une nature sensorielle.

Cela signifie que les choses concrètes et le présent sont au centre de ta vie. Ce qui t'intéresse, ce sont les faits précis, mesurables, vérifiables. Et tu as sans doute l'habitude plus ou moins inconsciente d'exposer tes idées étape par étape, en prenant tout le temps qu'il faut pour le faire. Tout cela est fort bien, mais rappelle-toi tout de même qu'un peu de fantaisie ne fait pas de mal !

Si les éléments que tu as choisis sont plutôt pêle-mêle ou que tes réponses sont plus évocatrices que concrètes telles que l'atmosphère générale, les sentiments que tu éprouves en classe, tes désirs ou ceux que tu imagines chez tes camarades, tu es alors d'une nature intuitive. Ta vision des choses, qui est plutôt globale, contient aussi une part de rêve. Les possibilités futures, la nouveauté et l'originalité te fascinent. Dans ta perception des choses, tu démontres habituellement assez de spontanéité et tu te soucies peu des détails ou des étapes. Tout cela a du charme, bien sûr, mais essaie de revenir sur terre de temps en temps, car pour réaliser ses rêves, il faut d'abord les asseoir sur du concret.

3 Jugement et prise de décision : mode pensée ou sentiment

Peu importe la conclusion à laquelle tu arrives, si tu as donné toutes sortes d'arguments raisonnables, logiques et objectifs en réponse à la lettre, tu es nettement du genre rationnel. Observant les faits de l'extérieur, de façon impartiale, tu t'évertues à clarifier toutes les situations dans ta tête pour pouvoir distinguer à tout prix le « vrai » du « faux ». Face aux critiques que l'on fait sur tes réalisations, tu gardes la tête froide et tu démontres un détachement remarquable. Dans tes rapports avec tes proches, prends soin de ne blesser personne, car ton détachement pourrait être interprété comme de la froideur ou de l'insensibilité.

Si tu as surtout tenu compte de tes valeurs personnelles pour répondre à la lettre, si tu as eu tendance à te mettre dans la peau de la personne à qui tu as répondu, tu es plutôt du genre subjectif. Tu te sens bien dans les situations où priment l'intimité et l'engagement personnel. Et quels que soient les sentiments qu'éprouvent les personnes de ton entourage, tu y es généralement sensible. Ce qui compte le plus pour toi, en fait, c'est l'harmonie. En général, tu cherches à distinguer ce qui est bien de ce qui est mal. Ainsi, tu as facilement tendance à croire qu'on pose un jugement de valeur sur ta personne même quand on critique tes réalisations. Prends garde de te laisser trop envahir par l'émotivité et essaie de prendre un peu tes distances par rapport aux désirs et aux perceptions des autres.

- Que penses-tu des conseils qui te sont donnés dans la section d'interprétation des réponses ?
- Que dirais-tu de proposer ce test à d'autres personnes de ton entourage ?

Dans cette histoire en trois chapitres, tu feras connaissance avec « Véronique-la-tête-rasée-du-fond-de-la-classe », une adolescente qui est bien mal dans sa peau. Arrivera-t-elle à surmonter ses difficultés ?

MISSION IMPOSSIBLE...

Chapitre 1

TOUT UN DÉRAPAGE !

Un après-midi de janvier. La neige fond au soleil et les premières plantes percent la terre. Je suis assise au fond de la classe, j'attends que ça finisse. Il y a longtemps que je ne pose plus de questions, longtemps que je n'écoute plus. Des amis, je n'en ai plus depuis des mois. Je les ai envoyé promener, les uns après les autres. Ils me tapaient tous sur les nerfs de toute façon. J'arrive toujours en retard à mes cours, mais plus personne n'y prête attention. Je n'étudie plus depuis des mois. Chaque soir, je m'écrase devant la télé et j'écoute les émissions les plus ennuyantes possible, pour ne penser à rien.

À la rentrée, je me suis fait raser complètement la tête. Yannick n'a pas aimé ça. Alors je lui ai dit de se chercher quelqu'un d'autre. L'amour, ça n'a plus aucun sens pour moi. Je suis « la-tête-rasée-du-fond-de-la-classe ». Personne n'a besoin de moi et je n'ai besoin de personne. De temps en temps, je pique une crise, juste pour voir. Hier, j'ai lancé par la fenêtre deux sacs qui traînaient dans le corridor. À l'école, les élèves commencent à avoir un peu peur de moi, je crois, surtout les plus jeunes. J'ai la tête rasée, j'ai les joues creuses et j'ai l'air méchante. Et je suis encore plus méchante que j'en ai l'air.

« J'ai mieux à faire dans la vie que gagner des médailles ! »

Voilà la phrase que j'ai lâchée, la semaine dernière, dans la salle de gymnastique. Louis, mon entraîneur, n'en revenait pas. Il comptait beaucoup sur moi pour gagner le championnat cadet d'escrime à l'épée, ma spécialité. J'ai quitté la salle à toute vitesse. Je n'y ai plus remis les pieds.

Un après-midi de janvier. La neige fond au soleil et les premières plantes percent la terre. Je suis assise au fond de la classe. Un cours de géo. Et soudain, je me sens mal. Très mal. Une grosse vague de chaleur qui me monte au milieu du corps, qui me donne envie de vomir. Mes oreilles bourdonnent et mon cœur se met à battre très fort.

« Qu'est-ce qui se passe, Véro ? T'es blanche comme un drap ! »

C'est Yannick qui me regarde avec un drôle d'air. Il s'approche de moi. Puis les autres. La bande de vautours me regardent tomber dans les pommes. Ils me parlent, mais je n'entends plus rien. Les voix sont de plus en plus lointaines...

* * *

J'ai repris conscience à l'infirmerie. Dominique, l'infirmier de l'école, est en train de prendre ma tension.

« Véronique... comment ça va ? Tes amis t'ont emmenée jusqu'ici. J'aurais quelques questions à te poser si tu me le permets. Manges-tu bien ces temps-ci ?

— ... (Je ne réponds pas. Je suis Véro-la-carpe.)

— Et ta dernière bonne nuit de sommeil, elle remonte à quand ?

— ... (Je ne réponds pas. Je suis Véro-la-chouette. Véro-la-chouette dort toute la journée pendant les cours, jamais la nuit...)

— Véronique, tu n'as pas l'air de te rendre compte. Tu t'es évanouie, ton pouls est beaucoup trop rapide, ta tension est trop basse...

— ... (Je ne réponds pas. Je suis Véro-la-tête-de-mule.)

— Si tu refuses de parler, Véronique, il va falloir que j'aille chercher mes renseignements ailleurs. Tes amis me disent que tu as maigri beaucoup depuis quelques mois. Tu as les yeux creux. Es-tu malade ? Je vais appeler tes parents. »

Aussitôt, Véro-la-carpe se transforme en Véro-le-dragon-qui-crache :
« Si tu fais ça, Dominique, je ne remets plus jamais les pieds à l'école, as-tu compris ? »

Je me redresse d'un coup sec sur le petit lit. Ma tête recommence à tourner.
« Du calme ! Du calme! Je vois que j'ai touché une corde sensible. »

Moi qui m'enfermais dans ma coquille depuis des mois, j'ai craqué. J'ai bégayé, puis je me suis mise à pleurer comme un veau. J'ai confié à ce presque étranger tout ce que j'avais sur le cœur depuis des mois...

Bien dans ma peau, bien dans ma tête !

Maintenant que tu es à l'adolescence, tu t'interroges sans doute beaucoup sur ton identité. Qui suis-je ? Pourquoi suis-je comme ça ? Quelle est ma place parmi les autres ? Qu'est-ce que je vais faire plus tard ? Toutes ces questions sont très personnelles; personne ne peut y répondre mieux que toi. Même si la tâche n'est pas facile, cela te permettra de mieux te connaître. Peu à peu, ta réflexion sur ton identité t'amènera à te poser d'autres questions, beaucoup plus larges, sur l'origine du monde, le sens de la vie, la société idéale, le bonheur... Tout ce travail fera en sorte qu'au début de l'âge adulte ta personnalité s'affirmera. Mais que d'angoisses et d'incertitudes avant d'en arriver là !

Ce cheminement est tout à fait normal. À mesure que ton corps change et que ton esprit évolue, tu prends davantage conscience de la place que tu occupes dans ton entourage et de l'image que tu projettes. C'est pourquoi tu deviens plus sensible aux réactions et aux jugements des autres. Tu cherches à savoir ce que ta famille ou tes camarades pensent de tel ou tel aspect de ta personnalité. Tu acceptes moins bien les remarques sur ton physique, même si elles sont faites avec les meilleures intentions. Tu te demandes si ton attitude et tes opinions seront appréciées ou mal jugées. Parfois, ces interrogations et ces doutes sont franchement envahissants.

Tes relations d'amitié deviennent alors très importantes et beaucoup plus intimes que pendant l'enfance. Car tu sais que tu peux te confier à tes copains et copines et qu'ils te comprendront. Ils peuvent aussi t'en apprendre un peu plus sur toi. En effet, à l'intérieur d'un groupe, chacun se démarque par ses qualités particulières, qu'il s'agisse de leadership, d'ingéniosité, du sens de l'humour ou de talents artistiques. En compagnie de tes camarades, tu peux donc découvrir les nombreuses facettes de ta personnalité et les développer.

Au fil des années, tes intérêts, tout comme ton physique, vont changer. Tu chercheras à t'affirmer en fonction de tes nouvelles valeurs, ce qui causera parfois quelques conflits, que ce soit avec tes camarades ou tes parents. Cette période d'instabilité varie toutefois d'une personne à l'autre. Si tu as une bonne estime de toi, l'opinion des autres t'affec tera beaucoup moins. Mais si tu manques de confiance en toi ou si tu as de la difficulté à cerner qui tu es, cette période de transitionpourra être jalonnée de moments difficiles. N'hésite pas à en parler et à demander de l'aide... Trop de jeunes se referment sur eux-mêmes ou fuient la réalité. Ces situations peuvent alors entraîner des problèmes de drogue, de délinquance, d'anorexie ou de dépression.

Pour traverser la période de l'adolescence sans trop de heurts, tu dois donc te donner toutes les chances de découvrir qui tu es... et de t'accepter comme tu es. C'est un travail qui demande évidemment du temps et du courage.

Décris dans un texte une situation conflictuelle caractéristique de l'adolescence. Tu peux présenter cette situation de façon comique pour la dédramatiser. Ensuite, donne des indications scéniques suffisamment détaillées pour que ton texte puisse servir de canevas à du théâtre d'improvisation. Choisis les acteurs et les actrices parmi tes camarades, et participe activement à la mise en scène. Toute la classe tentera de résoudre la situation conflictuelle que tu as imaginée.

Dans ton texte, utilise des mots de liaison pour préciser les liens de temps, de lieu, de but, de cause, de conséquence, etc. Relis au besoin le contenu pédagogique de la page 148 de ton livre A.

Lis ces deux poèmes de Jacqueline Grenier-Tremblay pour les comparer.

COMPLAINTE

À quoi servent les amis
Si nous ne pouvons leur offrir
Que des bouquets de joie

Je lui ai dit toute ma peine
Mon angoisse de vivre
Il n'a pas vu nos mains se délier
Nos lèvres ne plus se reconnaître

À quoi servent les amis
S'il nous faut rester seul
Je lui ai montré la plaie de mon âme
Il n'a même pas su que je lui disais :

ADIEU !

Jacqueline GRENIER-TREMBLAY
(*Les ailes d'or*, © Éditions Fidès)

JEUNESSE

La sève se souvient
Le doux cheminement
Du tumulte des veines
À l'enfance de l'arbre

Mon cœur garde mémoire
Du poids de ton regard
Mon sang a souvenance
De ta main sur mon front
Et de nos doigts liés
Comme étreinte de vigne

La peau ambrée du sol
N'oubliera plus jamais
Nos pas furtifs et gais
Sur sa joue empourprée
Par nos prudes émois

Jacqueline GRENIER-TREMBLAY
(*Les ailes d'or*, © Éditions Fidès)

- Quel est le sujet de chacun de ces poèmes?
- Quelles images de ces poèmes as-tu trouvées les plus touchantes?

MISSION IMPOSSIBLE...

Chapitre deux

UNE SITUATION D'ENFER

Au fond, je sais bien qu'un divorce, ce n'est pas la fin du monde. Les parents de Mathieu et de Yannick ont divorcé, eux aussi. Mais moi, ce n'est pas pareil. Mes parents, ils se haïssent à mort.

Je revois ces disputes continuelles, depuis deux ans que ça dure. Et ces jolies phrases...

Ma mère : « Avoir fait des enfants avec toi, c'est la pire gaffe de ma vie !

Mon père : — J'vais f... le camp d'ici, et vous serez tous dans la dèche...

Ma mère : — Tu nous as toujours mis dans la dèche avec tes affaires foireuses. Ça ne va pas changer grand-chose ! »

Au début, je trouvais ça presque comique de les voir se disputer comme des enfants une journée, puis se réconcilier le lendemain. Du genre « T'es mon ami, t'es plus mon ami... » Mais plus ça allait, plus les disputes devenaient infernales. Plus un mot à table. Tout le monde était sur le qui-vive. Des colères bleues à propos de tout et de rien. Des portes claquées. Des pots fracassés sur les murs. Ma mère, le matin, couchée dans le fauteuil du salon, les yeux rougis par les pleurs. Mon père qui disparaît pendant des jours sans donner de nouvelles. Et ces éternelles questions d'argent. Et ces dimanches de visite à grand-maman Berthe, à la maison de retraite, à faire semblant d'être une famille unie.

Pendant longtemps, j'ai essayé de me convaincre que ça redeviendrait normal. J'attendais que l'orage se passe. J'allais m'enfermer dans ma chambre et j'écoutais la musique à tue-tête. Pas moyen de les ignorer. Ils venaient me chercher. Ils me prenaient toujours à partie : « T'as entendu ton père, Véro ? Quand il va partir, il ne nous donnera pas un sou. Qu'est-ce que tu penses de ça ? Un beau sans-cœur, hein ! »

Je me sentais prise entre deux chacals. Je devais jouer à l'arbitre. Pour oublier ma situation, je me suis mise à étudier très fort. Je me suis entraînée jusqu'à l'épuisement pour gagner le championnat d'escrime, titre que mon père a déjà remporté. Je me suis en plus occupée de mes deux jeunes frères en les faisant sortir aussi souvent que possible de la maison pour qu'ils ne soient pas témoins des querelles de nos parents.

« Tu t'en es mis du poids sur les épaules. Vouloir sauver la famille, c'est toute une mission, tu ne trouves pas ? m'a demandé Dominique.

— Ouais. Une mission impossible. Un matin, il y a deux mois, mon père a disparu. Pas un mot. Pas un coup de téléphone. Depuis, je n'ai plus eu envie de rien. Maintenant, c'est ma mère qui me réveille le matin. Elle me dit que le départ de papa, c'est un bon débarras. Mais je sais qu'elle a encore pleuré toute la nuit. On se retrouve à table comme deux orphelines. J'essaie de la consoler, mais je ne crois même pas à ce que je dis. Je sais que les choses iront de plus en plus mal. Et je m'aperçois de tout ce qu'on a perdu avec le départ de papa. Je ne parlais pas facilement avec lui, mais j'aimais le voir lire son journal le matin. J'aimais le regarder travailler dans son jardin en sifflotant. J'aimais ses gâteaux aux cerises, ses distractions, ses enthousiasmes fous d'homme d'affaires raté... En même temps, je le déteste de nous avoir abandonnés comme il l'a fait. Tout le monde disait que j'étais sa préférée. Mais il ne m'a toujours pas donné signe de vie. Je vais rater mon année. Ça ne me fait rien. J'ai l'impression de vivre sur une autre planète. »

* * *

Dominique m'a écoutée jusqu'au bout. Il m'a dit que mon corps avait pris un sale coup. J'ai finalement répondu à toutes ses questions à travers mes sanglots.

« Non, je n'ai pas mangé de la journée. (Je pense que j'ai dû perdre sept ou huit kilos depuis trois mois.)

— Oui, je dors archi-mal, à peu près trois heures par nuit. (Je fais des cauchemars si effrayants que j'ai peur de m'endormir.)

— Non, je ne prends pas de drogue.

— Oui, j'ai des étourdissements assez souvent durant la journée, des migraines et des palpitations aussi. »

Dominique m'a montré quelques techniques de respiration et de relaxation et m'a préparé un régime alimentaire pour que je reprenne un peu de poids. Nous nous sommes entendus pour nous revoir chaque semaine et j'ai promis de consulter la psychologue du centre P.M.S. si ça n'allait pas mieux. J'avoue que je suis contente que quelqu'un de responsable s'occupe un peu de moi.

Chapitre 3

LA LUMIÈRE AU BOUT DU TUNNEL

En sortant de l'infirmerie, ce jour-là, je me sentais plus légère. Dans la cour, j'ai vu un garçon, à qui je n'avais jamais parlé, en train de jouer au foot. Quel style ! Un garçon timide de la classe de première, une classe composée de beaucoup d'immigrants et de réfugiés politiques. En le regardant faire des feintes incroyables avec son ballon, j'ai eu envie de jouer avec lui. J'ai intercepté le ballon et je me suis mise à courir vers le but. Je l'ai cherché des yeux pour lui faire une passe, mais il n'a pas bougé. Il m'a regardée quelques secondes, a baissé les yeux, puis il est parti sans dire un mot. C'est quand il a tourné le dos que j'ai compris son attitude et j'ai eu un pincement au cœur. J'ai reconnu le sac de toile tout usé, avec un drapeau de pays cousu dessus. C'était un des sacs que j'avais justement jetés par la fenêtre... J'ai tout de suite couru pour le rejoindre.

« Je m'excuse pour ton sac, j'ai été idiote. Je m'appelle Véronique.

— Koumar...

— Comment ?

— J'appelle Koumar... »

Koumar parlait à peine le français. Cet après-midi-là, nous nous sommes contentés de jouer au foot. Naturellement, j'étais en très mauvaise forme physique, mais ça m'a changé les idées.

* * *

Au fil des semaines, nous sommes devenus de bons amis, et Koumar a vite appris le français. Il m'a raconté l'histoire de son pays, le Sri Lanka, qui est situé juste au sud de l'Inde. Sa famille, du moins ce qu'il en reste, est tamoule. Les Tamouls voulaient un pays à eux, indépendant du reste du Sri Lanka. Depuis 10 ans, ils se battaient contre les Cinghalais, le peuple majoritaire. Les affrontements étaient très violents entre les deux groupes et plusieurs civils se sont fait tuer au cours des attaques. Les parents de Koumar et trois de ses quatre sœurs ont été tués. Il a réussi à s'enfuir avec sa jeune sœur. Ils ont été protégés par une organisation mondiale pour réfugiés qui les a envoyés dans une famille d'accueil tamoule d'ici. Imaginez le choc : perdre ses parents et trois sœurs, être obligé de s'exiler et aboutir dans un pays plus froid que le sien.

« Pendant premiers mois Bruxelles, guerre toujours dans ma tête. La nuit, moi entendre des fusils, entendre mes parents crier. Partout voir les morts. »

Je lui ai raconté le divorce de mes parents, les images sombres et les cauchemars qui revenaient sans cesse. Koumar m'a encouragée. « Ça va passer... Apprendre à vider ta tête. Chaque journée, faire des choses que tu aimes. Chaque jour un peu mieux, un peu mieux. »

J'ai tout de suite aimé Koumar. Nous étions seuls tous les deux. Il m'a redonné ma force. Lui qui avait vécu des choses tellement terribles réussissait à s'en tirer, à reprendre goût à la vie. Je ne comprenais pas trop comment il faisait pour y arriver, mais ça m'a donné une bonne leçon de courage.

Tous les soirs, nous avons joué ensemble au foot dans la cour d'école. Au fil des semaines, d'autres filles et d'autres garçons sont venus se joindre à nous. Koumar et moi avons décidé de mettre sur pied deux vraies équipes de 11 joueurs. Notre idée, c'était de mêler les groupes de classes différentes. Ça a marché. Tout le monde s'est finalement rallié et nous avons pu former des équipes officielles. Nous avons

continué à jouer tout l'été. Un beau jour, mon père est venu voir un match avec ses nouveaux associés. Et le journal local a fait sur nous un article intitulé « Les coups de pied qui font les bons amis ». Sur la photo de groupe, j'avais retrouvé mon sourire. J'étais fière de nos équipes, des nouvelles amitiés que je m'étais faites.

* * *

J'ai continué à consulter la psychologue et je revois Dominique régulièrement. Maintenant, je comprends que le divorce de mes parents, c'était leur décision, pas la mienne. Je n'avais aucun moyen de l'empêcher. Ma vraie mission, c'est d'apprendre à vivre un peu mieux, sans beaucoup de sous, parce que la nouvelle affaire de papa, ça n'a pas l'air pour l'instant de fonctionner mieux que les autres.

J'ai repris quelques kilos et j'ai appris, comme dit Koumar, à « chasser les nuages dans ma tête ». Mes parents ne vivent plus ensemble, mais ils restent mes parents. Et puis, comme dit Koumar : « Eux, au moins, ils sont bien vivants. »

À la maison, c'est un peu plus tranquille. Ma mère commence à s'en sortir et je revois chaque semaine mon père qui est revenu habiter tout près. Pour le reste, on verra bien. Un jour à la fois...

- Qu'est-ce que tu as trouvé de plus touchant dans cette histoire?
- Connais-tu des personnages de récits ou de films qui ont vécu des expériences semblables à celle de Véronique?

Comme Véronique, plusieurs jeunes vivent des situations éprouvantes. Compose un récit dans lequel des adolescents ou des adolescentes sont confrontés à des problèmes qui les perturbent. Montre ensuite de quelle façon ils arrivent à les surmonter.

Compose un récit réaliste dans lequel il y aura quelques dialogues. Veille aussi à bien ponctuer les groupes en apposition. Par ailleurs, comme ton texte contiendra sans doute plusieurs verbes conjugués à des temps composés, porte une attention particulière à l'accord des participes passés. Relis au besoin la page 151 de ton livre.

Ce texte présente des garçons et des filles de ton âge qui ont développé leurs talents grâce à un passe-temps passionnant. Tu y trouveras sans doute de bonnes idées d'activités pour développer tes propres talents.

UNE PASSION, C'EST EXCELLENT POUR L'« ÉGOSYSTÈME » !

Qu'on soit du genre sportif ou intellectuel, qu'on aime les sciences ou les arts, il suffit souvent de se découvrir un violon d'Ingres, c'est-à-dire un passe-temps passionnant, pour que la vie prenne tout de suite un sens plus profond. Nous avons recueilli ici les témoignages de jeunes de ton âge qui ont commencé à se sentir mieux dans leur peau en se consacrant à des activités qui les ont amenés à se tourner vers le monde extérieur.

À L'ÉCOLE... DU CIRQUE

À 8 ans, après avoir vu un spectacle de cirque dans sa ville, Marie-Julie Pierrard a eu le coup de foudre pour le trapèze. Les mouvements gracieux exécutés par les athlètes l'ont littéralement séduite. Elle décide alors de suivre les cours de l'École du cirque de Bruxelles et s'y entraîne chaque semaine depuis plus de 5 ans. Plus tard, elle aimerait entrer à l'ESAC, l'École supérieure des arts du cirque, mais, pour cela, elle devra d'abord terminer ses études secondaires. Son objectif ? Faire carrière dans un cirque professionnel. De grands projets en perspective !

INFORMUSIQUE

Guillaume et Alexis Brodeur, deux jeunes pianistes, ont étudié la programmation M.I.D.I., un langage de numérisation des sons, à l'académie de musique qu'ils fréquentent. Grâce à un synthétiseur branché sur ordinateur, ils ont accès à une banque de plus de 200 sons différents, ce qui comprend tous les instruments de l'orchestre et une foule d'autres sons (cloches, klaxons, percussions, etc.). À l'aide de cet outil performant, qui leur permet d'allier leur passion pour la musique et les ordinateurs, ils se sont mis au jazz et à l'improvisation.

SIMULATIONS STIMULANTES

Dans la piscine de leur école secondaire, des jeunes du Club sciences au futur ont bricolé un vaisseau spatial. Vêtus de leur combinaison, ils se déplacent dans l'eau, recréant ainsi une sorte d'état d'apesanteur, comme le feraient des astronautes dans l'espace. Muni de gros gants, Philippe aura pour mission de réparer un circuit électronique. Ce ne sera pas facile ! Les membres du club ont aussi construit à l'extérieur de la piscine un simulateur de navette spatiale dans lequel ils doivent accomplir toutes sortes de tâches délicates : couper l'oxygène, repérer sur radar une météorite, rétablir la trajectoire de la navette, etc. Un projet pour le moins original qui offre aux jeunes la possibilité de développer leurs connaissances en astronautique et leur dextérité manuelle... tout en s'amusant !

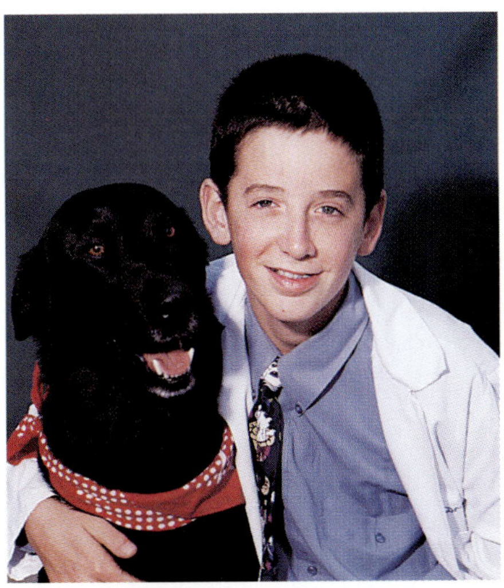

VÉTÉRINAIRE EN HERBE

Depuis trois ans, Marc se rend tous les samedis matin à la clinique vétérinaire de son quartier, pour y travailler bénévolement avec un médecin vétérinaire. En plus de l'aider à nettoyer les locaux et à tenir les pinces, il l'assiste dans les opérations courantes comme la stérilisation des mâles ou des femelles. À 13 ans, il en connaît déjà beaucoup sur le métier qu'il rêve d'exercer plus tard. S'il poursuit ses études en ce sens, cette expérience lui sera sans aucun doute profitable, car il semble qu'il soit déjà aussi efficace que le serait un technicien diplômé.

ÉCHEC ET MAT

Sébastien Lentz a obtenu le titre de champion de Belgique d'échecs des moins de 10 ans en 1997 et des moins de 12 ans en 1999. L'adolescent s'est intéressé assez vite à ce jeu : il a commencé à jouer en club à l'âge de huit ans et demi et a l'habitude de s'y mesurer à des joueurs de bon niveau plus âgés que lui. Il participe aussi régulièrement aux circuits mensuels Jeunesse échiquéenne francophone, réservés aux moins de 20 ans. Sébastien analyse aussi les parties des joueurs connus, se documente sur le sujet et s'entraîne sur ordinateur. Mais il garde les pieds sur terre : il apprécie son hobby, mais il n'envisage pas d'en faire une profession. La vie est riche, et il y a tellement d'autres choses à découvrir !

▲ En 1997, à Cannes, Sébastien représente la Belgique aux championnats du monde des moins de 10 ans. La rencontre avec des jeunes d'autres pays lui donne envie d'apprendre d'autres langues.

◄ En 1999, il remporte un second titre de champion de Belgique, chez les moins de 12 ans.

GRAVIR LES SOMMETS DE LA SCIENCE !

Gravir trois sommets en trois jours et dormir dans la neige à flanc de montagne en plein mois d'avril, voilà entre autres ce qu'ont réalisé David Pierrard et 11 de ses camarades au cours d'une expédition scientifique dans les Alpes, en Suisse. Le but de l'expédition ? Mesurer la hauteur du Petit Muveran. Pour cela, ils ont utilisé un récepteur GPS, un micro-ordinateur portatif. Après avoir déterminé leur position au sommet, ils ont acheminé par ordinateur ces données à des satellites de communication qui leur ont transmis la latitude, la longitude et la hauteur exactes du Petit Muveran. David et ses amis ont aussi profité de l'occasion pour étudier la formation d'une vallée glacière en U et calculer les anneaux de croissance de vieux arbres en utilisant une carotteuse.

UN JUS DE POMME EXPLOSIF !

Annie Tonneau et Marie Verlingo ne se sont pas contentées d'inventer un moteur de tondeuse à gazon qui fonctionne à l'éthanol, un alcool qui fournit un carburant moins polluant que l'essence. Elles ont aussi mis au point un procédé pour produire elles-mêmes de l'éthanol à partir de jus de pommes de terre. En ajoutant de la levure à ce jus, elles obtiennent au bout d'un mois, par fermentation, une certaine quantité de gaz qu'elles transforment ensuite en éthanol en le faisant chauffer dans un autocuiseur. Il ne reste plus alors qu'à régler le moteur de la tondeuse à gazon et le tour est joué ! Leurs projets, présentés dans le cadre d'une expo-sciences, ont beaucoup impressionné le public.

LA PASSION DE L'ÉCRITURE

Depuis qu'elle sait écrire, Anna Delcourt tient son journal et compose des poèmes pleins de fantaisie. Passionnée de lecture, elle entend devenir écrivain et espère être publiée prochainement. Mais ses ambitions ne s'arrêtent pas là ! Elle veut aussi devenir comédienne. Elle semble d'ailleurs avoir toutes les qualités requises pour exercer cet exigeant métier. Elle a en effet été sélectionnée au cours des deux dernières années pour participer au prestigieux Festival d'Avignon, en France. Déjà, elle se prépare à vivre seule, de façon autonome, car si elle veut poursuivre des études au Conservatoire d'art dramatique; elle sait qu'elle devra quitter la maison familiale et voler de ses propres ailes.

UNE AS DU VOLANT

Marine Rombaud s'entraîne 5 heures par semaine : elle pratique le badminton depuis l'âge de 8 ans et aujourd'hui, à 12 ans, son grand rêve est de remporter le challenge Kaiser, réservé aux moins de 13 ans. Ce sport, qu'elle combine avec le jogging, lui apporte beaucoup, tant sur le plan physique (résistance) que sur le plan humain. Marine apprécie beaucoup l'entente entre joueurs au sein de son club et lors des tournois ! « Nous formons tous une grande famille », précise-t-elle, des étoiles plein les yeux.

LES GRANDS ESPRITS

Que dirais-tu de faire trembler Rome aux côtés du grand gladiateur Spartacus pendant une révolte d'esclaves ? De régner comme Cléopâtre sur une des plus grandes civilisations de l'Antiquité ? De vivre les déboires d'un actionnaire ruiné lors de la crise économique de 1929 ? Tu pourrais te mettre dans la peau de personnages célèbres et vivre les plus grands moments de l'histoire en suivant l'exemple de Michel L'Heureux et de ses amis. Ceux-ci ont en effet décidé un beau jour d'élaborer chaque semaine des scénarios s'inspirant de faits historiques et de se mettre dans la peau de grands personnages en faisant des jeux de rôles. Mêlant le réel et l'imaginaire, cette activité leur permet de mieux connaître l'histoire, de développer leur créativité et de stimuler leur imagination. Sans compter le plaisir toujours renouvelé de se retrouver entre camarades !

DU RYTHME AVANT TOUTE CHOSE

Christine J., de l'école Saint-Enfant-Jésus, est malentendante, mais cela ne l'a pas empêchée de suivre des cours de ballet jazz, dont elle est une fidèle abonnée depuis deux ans. Elle a pu ainsi développer son sens du rythme et de la gestuelle, ce qui l'a grandement aidée à surmonter son handicap. Chaque année, elle participe avec enthousiasme aux spectacles de danse organisés par son école. Pour Christine, il n'y a pas de doute : la danse, c'est sérieux!

- Parmi les exemples donnés dans le texte, quel type d'activité trouves-tu le plus intéressant?
- Toi-même, as-tu un passe-temps qui te passionne? Peux-tu le décrire brièvement à tes camarades?

Tu n'as pas de passion particulière ? Il t'arrive souvent de t'ennuyer ?
Voici un texte qui t'apprendra l'art de combattre efficacement l'ennui.

DES REMÈDES CONTRE L'ENNUI

Rien de pire que l'ennui ! On ne sait plus quoi faire de son corps ni de ses dix doigts, on a le cœur lourd et la tête vide. Comment s'en sortir alors quand on est en panne d'idées ? Voici des exemples de jeunes qui en savent long sur l'ennui, mais aussi sur l'art de le combattre efficacement. Peut-être sauront-ils t'inspirer ?

BERTRAND : CHANGER DE DÉCOR

Je ne me suis jamais autant ennuyé qu'au début de l'été de mes 12 ans. Mes amis étaient en vacances et mes parents s'attendaient à ce que je m'amuse avec mon hamster et ma collection de timbres ! J'avais beau répéter que je n'avais plus huit ans, ça ne leur rentrait pas dans la tête. Un jour, j'ai eu une idée de génie : liquider mes babioles d'enfance ! J'ai tout étiqueté et j'ai organisé une vente-débarras éclair. Avec la recette de la journée, j'ai pu refaire le décor de ma chambre. J'ai tapissé les murs de collages multicolores, repeint certains meubles, fabriqué une étagère et recouvert mon lit de vieux coussins pour le transformer en divan. Tout y a passé. Mes parents ont finalement compris que je n'étais plus un enfant, et mes amis adorent mon studio !

MARTIN ET CHARLOTTE : CROQUER L'INUSITÉ

Il y a six mois, je rêvais de faire le tour du monde, moi qui n'étais jamais sorti de mon quartier ! Je sentais bien que c'était une idée démesurée. Au fond, j'avais tout simplement le goût de bouger. Puis Charlotte, ma nouvelle voisine, est arrivée. Désireuse d'en savoir un peu plus sur la région, elle me demanda de la lui faire visiter. Honteux d'avouer que je la connaissais très peu, je me suis procuré un tas de cartes et de brochures à l'Office du tourisme. Mais Charlotte voyait les choses d'un autre œil. Elle m'a proposé de partir à l'aventure et de photographier tout ce qui sortait de l'ordinaire. C'est fou tout ce qu'on a pu découvrir en explorant notre patelin.

PASCALE : BAVARDER SUR INTERNET

Pas besoin d'être millionnaire pour se brancher sur Internet. Une copine m'a initiée à ce réseau informatique mondial à la bibliothèque communale. Ça a changé ma vie ! On peut tout faire sur le Net : participer à des jeux de rôles, faire des recherches, visiter des musées, écouter les disques les plus récents, échanger de l'information, etc. Et c'est peu coûteux ! Moi, je suis folle des jeux interactifs. On se promène dans de magnifiques décors et on échange des messages avec des interlocuteurs qui sont représentés par des « avatars ». Vous connaissez quelqu'un en France, en Amérique du Sud ou au Japon ? Discutez librement avec eux en évitant les frais d'interurbains et la lenteur du courrier traditionnel.

CHARLES ET LOUIS : SE DIVERTIR SANS DÉPENSER !

Avant, Charles (mon frère jumeau) et moi, nous ne savions jamais quoi faire parce que nous n'avions pas d'argent. Nous avons donc décidé de tenir un agenda de toutes les activités gratuites accessibles aux jeunes de la région âgés de 12 à 14 ans. Chaque jeudi, nous affichons l'agenda Charlouis sur tous les panneaux d'affichage de l'école. Des divertissements, il y en a pour tous les goûts : festivals, concerts, spectacles, expositions, conférences, événements, chorales, ateliers de dessin, activités des centres culturels, des écoles, des parcs communaux.

MYLÈNE : FAVORISER LES RETROUVAILLES ENTRE AMIS !

Jusqu'à l'âge de 11 ans, j'avais un groupe d'amis fantastiques. Je ne m'ennuyais jamais avec eux. Puis, peu à peu, je me suis retrouvée toute seule. Le sport, la musique, Internet, la danse, le dessin, la lecture, le cinéma... tout le monde s'était découvert un talent, un intérêt, une passion, sauf moi ! Ce qui m'intéressait ? Les amis ! C'est pourquoi j'ai décidé d'organiser les « Dimanches-Mimi ». Le concept est très simple : tous les dimanches, à partir de midi, mes amis qui n'ont rien de spécial à faire sont invités à passer chez moi pour casser la croûte. Des amis, il peut y en avoir trois, une dizaine ou même plus. Parfois, c'est calme, mais ça tourne très souvent à la fête. C'est chaque fois une surprise. Personne ne se sent obligé de venir ni de rester, et tout le monde est content ! Surtout moi...

- Laquelle des activités décrites t'intéresserait le plus?
- As-tu d'autres activités à suggérer à tes camarades qui s'ennuient?

*L'amitié est une des choses les plus importantes de la vie. Toi, as-tu le sens de l'amitié ?
Ce court test et les pistes de réflexion qui le suivent te permettront de répondre à cette question.*

L'AMITIÉ, UN ART À DÉVELOPPER !

L'amitié, c'est souvent ce qui rend une vie plus heureuse. Imagine que tu n'aies personne avec qui partager tes idées, tes humeurs, tes souhaits ou tes jeux. Quelle tristesse ! Vraiment, les amis ont une valeur inestimable. Mais pour les garder, encore faut-il agir en conséquence. Voici quelques questions qui t'amèneront à réfléchir sur ta façon de vivre tes amitiés.

1 Laquelle des situations suivantes décrit le mieux tes relations avec tes camarades ?

A J'aime surtout éprouver de l'admiration envers eux.

B J'apprécie par-dessus tout qu'ils m'admirent.

C Je préfère qu'un sentiment d'admiration mutuelle existe entre nous.

2 Avec de bons camarades, de quoi parles-tu ?

A Eux me parlent de choses personnelles, mais moi pas.

B Nous partageons autant de choses personnelles que de choses non personnelles.

C Nous en restons aux choses anodines et assez peu personnelles.

3 Lorsqu'il y a un problème à régler avec des camarades, quelle est ton attitude ?

A J'ai tendance à me tenir à l'écart.

B Je profite de la situation pour imposer mes idées, ma loi.

C J'aime bien que l'on prenne ensemble une décision commune.

4 Si quelqu'un te dit, sans le vouloir, une parole qui te blesse, comment réagis-tu

A J'essaie de lui expliquer ce que je ressens.

B Je me tais et j'encaisse le coup.

C Je lui dis quelque chose de blessant pour lui rendre la monnaie de sa pièce.

5 Quand un ami ou une amie te confie un secret, qu'en fais-tu ?

A J'aurai tendance à le répéter à d'autres s'il est croustillant.

B Par respect, je ne dirai rien à personne.

C J'oublierai rapidement le secret.

6 Tu as plutôt envie de solitude, mais un camarade t'appelle et te demande d'aller le voir ou de lui parler un peu, car il ne va pas bien. Comment le reçois-tu ?

A Quand j'ai besoin de solitude, rien ne peut m'émouvoir.

B Si mon ami en a vraiment besoin, je ferai ce qu'il me demande.

C Je l'écouterai, mais ma patience aura des limites.

7

Lorsqu'un ou une camarade t'expose une idée qui te semble farfelue, comment te comportes-tu ?

A Je ne veux généralement pas entendre de bêtises.

B J'ai envie de mieux comprendre son idée, en me disant qu'elle est peut-être géniale.

C Je l'écoute par politesse.

PISTES DE RÉFLEXION

1. L'amitié n'est pas une relation à sens unique, mais une relation fondée sur une attirance mutuelle. Le respect et l'admiration devraient donc être réciproques chez de vrais amis. Si chacun se sent valorisé quant à sa façon d'être et d'agir, tout ira pour le mieux.

2. L'amitié est un sentiment qui implique une intimité, un contact étroit avec l'autre; cela passe beaucoup par la parole. Si tu écoutes tes amis, c'est déjà très bien. Mais toi, si tu ne te confies pas, comment tes amis arriveront-ils à te connaître et à développer pour toi un sentiment profond ?

3. Savoir créer des ententes avec les autres et les respecter permet d'entretenir des relations harmonieuses et équilibrées. Quand on vit de telles relations, on n'éprouve pas envers l'autre un sentiment d'impuissance et on ne ressent pas non plus le besoin d'imposer sa loi. Pour cela, il faut savoir accepter les critiques et apprendre à développer des liens de solidarité et de loyauté avec ses amis.

4. Pour établir des liens d'amitié durables, il faut apprendre à exprimer verbalement ses sentiments et ses émotions, mais il faut aussi savoir garder un certain contrôle sur ses paroles. Encaisser sans rien dire ou proférer sans retenue des paroles blessantes mène tôt ou tard à du ressentiment et à de l'agressivité chez les amis.

5. Les secrets et les confidences, pour des amis, c'est sacré ! Si tu as su gagner la confiance de tes amis, sache la garder en étant respectueux ou respectueuse, en faisant preuve de discrétion. Apprends aussi à écouter tes amis, car l'attention que tu leur portes leur est essentielle; s'ils se confient, c'est qu'ils ont besoin d'être écoutés, de partager.

6 La disponibilité, la générosité et la gratuité, voilà trois excellents signes d'une réelle amitié. Ainsi, à moins d'être toi-même vraiment en piteux état, tu devrais pouvoir aider tes amis à surmonter leurs peurs et les moments difficiles sans avoir à faire de grands efforts ni espérer quelque récompense en retour.

7 La capacité à entrer dans le monde imaginaire de l'autre et à faire partager le sien constitue une ressource inépuisable de bon temps entre deux amis. Bien sûr, les intérêts communs priment souvent, mais démontrer une saine curiosité pour ce qui fait la particularité de l'autre est à la fois un signe d'ouverture d'esprit et de gratuité.

PISTE DE RÉFLEXION SUPPLÉMENTAIRE

As-tu un ami ou une amie que tu aimes vraiment beaucoup et avec qui tu ne te lasses pas de parler ? Sais-tu ce qui fait que tu l'apprécies tant ? Dresse une liste de ses caractéristiques. Sans en faire un modèle à suivre, cela te donnera d'autres pistes de réflexion qui t'aideront à préciser ce qu'est une amitié vraie et sincère.

- D'après les résultats que tu as obtenus, peux-tu te considérer comme un bon ami ou une bonne amie ?
- Fais passer ce test à ceux et celles que tu considères comme tes meilleurs amis. Discutez ensemble de vos réponses.

À PLEIN VOLUME

Une amitié célèbre

Au XVIe siècle, une grande amitié unit le grand philosophe français Montaigne à l'écrivain Étienne de La Boétie, une amitié si forte qu'on la qualifia de véritable mariage des âmes. Que penses-tu de cette réflexion de Montaigne sur l'amitié parfaite ?

Cette parfaicte amitié, dequoy je parle, est indivisible; chacun se donne si entier à son amy, qu'il ne luy reste rien à departir ailleurs; au rebours, il est marry qu'il ne soit double, triple ou quadruple, et qu'il n'ait plusieurs ames et plusieurs volontez pour les conferer toutes à ce subjet. Les amitiez communes, on les peut départir; on peut aymer en cestuy-cy la beauté, en l'autre la liberalité, en cet autre la fraternité, ainsi du reste; mais cette amitié qui possede l'ame et la regente en toute souveraineté, il est impossible qu'elle soit double.

Si deux en mesme temps demandoient à estre secourus, auquel courriez-vous ? S'ils requeroient de vous des offices contraires, quel ordre y trouveriez-vous ? Si l'un commettoit à vostre silence chose qui fust utile à l'autre de sçavoir, comment vous en desmeleriez vous ? L'unique et principale amitié descoust toutes autres obligations.

MONTAIGNE

THÈME 8

SCULPTURE ET ARCHITECTURE

Ce texte te présente une brève histoire de la sculpture, de la préhistoire jusqu'à l'époque contemporaine. En le lisant, tu pourras mieux apprécier les manifestations de cette forme d'art qui est apparue en Europe il y a des dizaines de milliers d'années.

LA SCULPTURE, D'HIER À AUJOURD'HUI

La célèbre Vénus de Willendorf, qu'on a trouvée en Autriche, date de 21 000 ans avant Jésus-Christ.

Aujourd'hui, on associe très souvent la sculpture aux grandes œuvres en trois dimensions qui sont exposées dans les musées ou sur les places publiques. Mais les premières sculptures, réalisées il y a des milliers d'années, n'étaient pas faites pour être exposées devant un public d'amateurs d'art. Elles étaient presque toujours liées à des croyances religieuses et elles servaient surtout à orner les lieux de culte.

LA PRÉHISTOIRE

Les figurines Il y a environ 25 000 ans, un peu partout en Europe, des sculpteurs façonnaient des statuettes de pierre représentant des femmes très stylisées aux formes accentuées. On a appelé ces sculptures des « Vénus », car on croit qu'elles représentaient des déesses de la fécondité, c'est-à-dire des divinités que nos ancêtres invoquaient pour favoriser les naissances et d'abondantes récoltes.

Les masques Dans les civilisations primitives, des sculpteurs ont aussi réalisé d'extraordinaires masques ouvrés dans le bois qui présentent de surprenants assemblages de matériaux naturels tels que plumes, ossements, pierres, fourrures et autres ornements du genre. Ces visages terrifiants, qu'on croirait tout droit sortis des enfers, étaient confectionnés par des artistes-sorciers qui s'en servaient au cours de rituels magiques. Selon la croyance populaire, le masque transformait à son image celui ou celle qui le portait.

Masque réalisé par des Amérindiens de la côte ouest du Canada.

L'ANTIQUITÉ

ÉGYPTE (de 2500 à 500 ans avant J.-C.)

Des incarnations d'éternité Les Égyptiens appelaient le sculpteur « celui-qui-garde-vivant ». Cette dénomination exprime bien l'aspect envoûtant des grandes sculptures de pierre ou de bronze de l'Antiquité qui ont l'air animées d'une vie presque éternelle. La sculpture de l'Égypte ancienne, essentiellement inspirée par des impératifs religieux, servait notamment à décorer les temples. Une fois achevée, l'œuvre réalisée faisait l'objet d'une cérémonie religieuse au cours de laquelle elle était investie de l'esprit divin.

▲ Temple d'Amon,à Luxor.

◄ Une des statues colossales ornant un temple d'Abou Simbel.

GRÈCE (450 ans avant J.-C.)

Myron, Polyclète et Phidias
Un des moments les plus importants de l'histoire de la sculpture est sans conteste l'époque de la Grèce classique. Il y a 2500 ans, dans ce pays de pierre et de soleil, les grands sculpteurs Myron, Polyclète et Phidias ont fait évoluer la représentation du corps humain en déterminant des canons de la beauté, c'est-à-dire les proportions idéales pour différentes parties du corps. Ainsi, selon eux, un corps parfait devait mesurer sept fois la hauteur de la tête. Le *Discobole* de Myron est un bel exemple de sculpture en ronde-bosse illustrant le corps en pleine action. Les statues de la Grèce classique, aujourd'hui encore considérées comme des chefs-d'œuvre, serviront de modèles pendant des siècles. La *Vénus de Milo* montre bien la perfection que recherchaient les sculpteurs grecs.

▲ *Le Discobole* de Myron.

◄ La *Vénus de Milo.*

LA RENAISSANCE

ITALIE (1475-1564)

Michel-Ange Sollicité par le pape Jules II pour embellir Rome, le sculpteur florentin Michelangelo Buonarroti, dit Michel-Ange, perfectionne, quant à lui, l'idéal d'équilibre et d'harmonie instauré à l'époque classique en explorant notamment de nouvelles voies de perspective. Bien qu'il ne cherche pas, comme les sculpteurs de la préhistoire, à donner de la vie à une matière inerte, l'artiste reste convaincu que la forme de l'œuvre est déjà présente dans le bloc qu'il sculpte et qu'il doit simplement s'efforcer de la révéler. Cet homme tourmenté qui cherchait à donner un sens à son existence par la voie de la création fut l'un des seuls artistes de son temps à se faire rémunérer avant d'accomplir son travail. Son *David*, une œuvre monumentale sculptée dans le marbre, illustre de manière très éloquente le degré de perfection de son art.

Le *David* de Michel-Ange.

LA PÉRIODE MODERNE

FRANCE (1840-1917)

Auguste Rodin Rodin fut le premier sculpteur à utiliser des imperfections comme des bosses ou des trous dans les matières qu'il sculptait pour rendre ses œuvres plus vivantes, créant ainsi des effets d'ombre et de lumière. Rodin fut aussi le premier à recourir à des déformations pour traduire un caractère particulier, n'hésitant pas à agrandir exagérément une cape pour accentuer le mouvement d'un corps ou à allonger un nez pour mieux rendre une expression de colère. Quand il présenta ses sculptures au public, les gens furent si impressionnés de leur réalisme qu'ils crurent que l'artiste les avait moulées sur des modèles vivants.

Monument à Balzac d'Auguste Rodin.

L'ART CONTEMPORAIN

Aujourd'hui, la sculpture éclate dans toutes les directions. Bien qu'elle ne soit plus théoriquement guidée par des principes magiques, elle continue à rechercher un idéal de beauté et à traduire l'éternelle fascination de l'être humain pour la matière. Une matière que les sculpteurs contemporains se plaisent à assembler, styliser, compresser, emballer, gonfler, accumuler...

Assembler : Marcel Duchamp (1887-1968)
Les *ready-made* de Marcel Duchamp, créés au début du XXe siècle, demeurent les objets les plus surprenants que l'on puisse trouver dans un musée. Ils sont généralement constitués d'étranges assemblages d'objets industriels fabriqués en série, comme cette fourche de vélo avec sa roue fixée sur le siège d'un tabouret, par exemple. Duchamp, bien sûr, n'a pas oublié de signer ses déroutantes créations, et c'est tant mieux, car aurait-on osé autrement parler d'œuvres d'art ? Jeu d'esprit, l'art de Duchamp est d'abord un questionnement sur la signification de la sculpture dans le monde moderne.

La *Roue de bicyclette*, un des *ready-made* les plus déroutants de Marcel Duchamp.

Styliser, abstraire : Henry Moore (1898-1986)
Le sculpteur Henry Moore était particulièrement fasciné par la figure humaine, entre autres par l'anatomie féminine, qu'il transposait dans la pierre, son matériau de prédilection. Bon nombre des formes rondes qu'il a polies sont en effet autant d'allusions au corps féminin. Mentionnons également que Moore gardait, comme dans l'art primitif, certaines parties de la matière intactes, à l'état brut, une façon de souligner l'œuvre de la nature. Et comme il aurait aimé que toute sculpture soit un paysage, on comprend d'autant mieux pourquoi il a souvent aménagé dans les siennes des cavités permettant aux spectateurs d'admirer en même temps l'environnement. Un art qui consacre une union avec la nature.

Statue de bronze d'Henry Moore, à Washington.

Compresser : César Baldaccini, dit César (1921-1998)

Artiste innovateur fasciné par les machines, ce sculpteur français né à Marseille se sert de voitures qu'il compresse dans des concasseurs pour créer ce qu'il nomme tout simplement des « compressions ». Ces formes bizarres nées d'une volonté d'intégrer de nouveaux domaines à l'expression plastique ont incontestablement élargi les horizons de la sculpture.

Emballer : Christo Javacheff, dit Christo (1935-)

Du roi de la compression, on passe maintenant au maître de l'emballage, pour qui envelopper des monuments gigantesques correspond à une œuvre sculpturale. Qu'il soit question du Pont-Neuf de Paris, d'un kilomètre de côte australienne, d'un hôtel de ville en Suisse ou des îles d'un archipel, aucune structure ne semble pouvoir résister à Christo.

La *Compression Ricard*, de César, réalisée en 1962.

Un des immenses emballages de Christo, œuvre réalisée à Paris en 1985 et intitulée tout simplement *Le Pont-Neuf emballé*.

Pourquoi emballer des monuments qui sont déjà des merveilles architecturales ? Parce que, selon l'artiste, l'emballage leur confère un caractère mystérieux. C'est une sorte de clin d'œil aux origines magiques de la sculpture !

Agrandir, gonfler : Claes Oldenburg (1929-)
Côté gigantisme, Oldenburg ne donne pas sa place non plus. L'énorme pince à linge qu'il a érigée à Philadelphie est assez convaincante. Avec ses quatorze mètres de hauteur, voilà une pince à linge qui mérite la plus grande chaussette du monde !
Situé entre l'humour et le fantastique, l'art d'Oldenburg arrive à rendre merveilleux, en les agrandissant à l'extrême, les objets les plus banals. Dans la pratique de son art, le sculpteur a aussi recours au gonflement et au dégonflement d'objets courants issus de la culture moderne américaine, comme des hamburgers ou des prises électriques, confectionnés dans des matériaux expansibles. Dégonfler ces objets triviaux, c'est, pour certains critiques, une manière efficace de contester le matérialisme américain.

Oldenburg a développé une forme d'art très personnelle et tout empreinte d'humour. La gigantesque pince à linge qu'on voit sur la photo n'est pas sa seule représentation géante d'un objet quotidien, puisque l'artiste a créé, dans des proportions aussi demesurées, un rouge à lèvres et un sac à glace.

Accumuler, détruire : Armand Fernandez, dit Armand (1928-)

Aussi original que ses pairs, le sculpteur Armand Fernandez accumule des quantités considérables d'objets ordinaires, tels que des capsules de bouteilles, qu'il dispose ensuite à sa façon pour créer de très évocatrices « accumulations ». Certaines de ses œuvres sont gigantesques, notamment celle qu'il a réalisée en France, à Jouy-en-Josas, en 1982. Constituée de 59 automobiles et de 1600 tonnes de béton, la sculpture atteint plus de 20 mètres de hauteur. Mais l'originalité d'Armand ne semble pas s'arrêter là.

Il aime, paraît-il, détruire violemment certains objets, un piano par exemple, dont il assemble ensuite les morceaux en les vissant sur un support pour en faire un tableau-sculpture très expressif. Il a titré *Colère* toutes les œuvres qu'il a créées en utilisant cette technique.

Accord final, d'Armand. La sculpture est constituée d'un piano brisé coulé dans le bronze.

TOUT EST SCULPTURE !

On considère aujourd'hui que tout objet en trois dimensions produit par un artiste est une sculpture. Quelle époque merveilleuse ! La seule limite qui risque de freiner dorénavant l'élan de tous ces créateurs sera celle de leur imagination...

- Qu'est-ce qui distingue la sculpture contemporaine de la sculpture ancienne ?
- Si tu faisais de la sculpture, préférerais-tu assembler, styliser, compresser, emballer, gonfler ou accumuler ?

Afin de mettre en application les nouvelles connaissances que tu viens d'acquérir, écris un texte de critique d'art dans lequel tu présenteras trois sculptures très différentes. Choisis des sculptures que tu as vues dans un musée ou qui sont reproduites dans un livre. Précise le nom de l'artiste, l'époque à laquelle il ou elle a vécu, ainsi que les principales caractéristiques de son œuvre. Émets ensuite ton opinion personnelle sur chacune des sculptures.

Comme dans toutes les critiques d'art, ton texte devrait contenir une foule d'adjectifs. Porte donc une attention toute spéciale aux accords dans le groupe du nom. Méfie-toi aussi des difficultés que tu pourras y trouver : les déterminants dont on ne peut distinguer oralement les formes féminine et masculine (au, aux; tous, tout; cet, cette), et les formations particulières du féminin et du pluriel de certains noms et adjectifs.

Lis les cinq poèmes de ce thème et compare-les.

LA SPHÈRE

La possession de cette sphère de bois fut un grand bonheur dans la vie de Bertrand. Il la plaça sur une colonne et la faisait pivoter. Mais il souffrit bientôt de n'en voir qu'une face. Il couvrit le mur d'un miroir et put ainsi contempler la boule tout entière. C'est alors qu'il comprit la grande douleur de n'en point voir l'intérieur.

NORGE
(*Le sac à malices*, © Succession de Norge)

LA STATUE

Une statue tenait en main
Une lampe de cuivre.
Fatiguée de n'éclairer rien
Que des sapins
Et décidée à vivre,
Elle quitta son socle et, vive,
Se mit à suivre
La rue la plus bruyante.
Nul ne la remarqua.
C'est depuis ce soir-là
Qu'enhardie par l'indifférence
Du monde et sûre de sa chance,
Cette statue
Put se promener dans la rue
Nue comme l'est la vérité
En tenant sa lampe allumée.

Maurice CARÊME
(© Fondation Maurice Carême)

Voici le portrait d'une artiste géniale qui n'a pourtant connu qu'une gloire posthume. Découvre pourquoi.

CAMILLE CLAUDEL

Camille Claudel vit le jour en 1864 à Fère-en-Tardenois, un petit village du nord de la France. Née d'une mère sans grande affection pour elle, Camille put toutefois compter sur les encouragements d'un père fonctionnaire qui, conscient du talent artistique de sa fille, fit tout son possible pour l'inciter à poursuivre dans cette voie. Voici son histoire.

En 1881, la famille Claudel quitte la province pour aller s'établir à Paris. La jeune Camille est alors introduite chez Auguste Rodin, un sculpteur qui connaît un succès notoire. Très tôt, la jeune élève exerce sur le maître une certaine domination en raison de son énergie intérieure et de son génie. Elle travaille à ses côtés pendant une douzaine d'années, exécutant pour lui de nombreux détails de ses œuvres. Puis c'est la rupture.

Grandement déçue de voir que l'union qu'elle espérait avec Rodin s'avère impossible — il refusait de l'épouser — et habitée par un fort sentiment d'impuissance, Camille Claudel se met alors à travailler sans lui. Libérée du joug de l'amoureux et du maître, elle est animée d'un nouveau souffle créateur. À un carnet de commandes bien garni s'ajoute alors une certaine reconnaissance du milieu grâce à des œuvres audacieuses comme *Les Causeuses.* Mais le succès ne vient pas pour autant. Pour assurer sa subsistance, elle doit réaliser, sans les signer, de nombreuses pièces décoratives.

Un destin misérable se profile pour elle. Se désistant des réceptions mondaines, faute d'avoir assez d'argent pour se payer une toilette convenable ou des bottines neuves, Camille Claudel s'enferme peu à peu dans une solitude alimentée par un terrible complexe de persécution.

Puis à partir de 1905, la situation s'aggrave, ses angoisses s'intensifient. Elle se met alors à détruire la plupart de ses œuvres, coupe tous les ponts avec ses proches et autres connaissances, et perd tout contact avec les sources d'inspiration qui la guidaient dans son art.

En mars 1913, immédiatement après la mort de son père, Camille Claudel est internée. Elle fait quelques modelages de membres, puis plus rien, au grand désespoir de ceux qui reconnaissaient au même moment la force du génie à son apogée.

L'œuvre de Camille Claudel est d'une originalité exceptionnelle. La sensualité, la grâce et la justesse qui la caractérisent manquaient aux sculptures de Rodin. C'est toutefois en le côtoyant qu'elle a appris à développer cette détermination et cette passion qui semblent essentielles à l'émergence d'une grande œuvre. Ces deux artistes étaient indéniablement nés pour sculpter. Ils partageaient la même joie de saisir l'expression du geste, d'aller à l'essentiel en excluant la répétition de motifs inertes. La tendresse particulière qui se dégage des sculptures de Camille Claudel, soulignée comme une faiblesse par les critiques masculins de l'époque, est aujourd'hui reconnue comme l'expression d'une profondeur, comme le signe d'un génie propre à l'artiste, pour qui une contribution à l'œuvre de Rodin ne pouvait suffire.

La vague, une des plus belles sculptures de Camille Claudel.

- Pourquoi l'artiste Camille Claudel a-t-elle connu un destin aussi tragique ?
- Si le sujet t'intéresse, lis d'autres textes sur la vie et l'œuvre de Camille Claudel.

LE GRAND HOMME

Chez un tailleur de pierre
où je l'ai rencontré
il faisait prendre ses mesures
pour la postérité.

Jacques PRÉVERT
(*Paroles*, © Éditions Gallimard)

LES STATUES

Dans nos villes, la nuit, au clair de lune, sur le pavé des places publiques, à la pointe des îles où l'eau se plisse, sous les rameaux de l'arbre qui se balance, voir se taire, d'un éternel silence, immobiles,

Ces cavaliers de marbre au geste souverain,
Ces rois de bronze assis sur des coursiers d'airain,
Géants mystérieux pleins d'un souffle invisible,
Qui, s'ils marchaient soudain, feraient un bruit terrible !

Victor HUGO

Dans cette interview, le sculpteur Fernand Tomasi décrit ses œuvres et sa démarche artistique. Lis ce texte très difficile en tâchant d'en retenir quelques idées maîtresses.

Le sculpteur devant son atelier.

Rencontre avec Fernand Tomasi, sculpteur

Pouvez-vous nous parler de votre dernière exposition et de vos projets, à court et long termes ?

Je préfère parler de l'exposition qui est en cours actuellement. Dans une dimension européenne, j'ai choisi l'Italie et mon village d'origine qui est Canè. Ce village de Lombardie orientale, à la frontière du Trentin, est à 1500 mètres d'altitude. La vue donnant sur une montagne de 3600 mètres y est superbe. C'est la troisième exposition qui se fait là. Ce lieu est idéal, car il est à l'entrée du Parc du Stelvio, où il y a beaucoup de passage. Les Italiens de Milan, de Gênes et de la plaine lombarde y viennent trouver un peu de fraîcheur. Parmi les touristes, il y a aussi d'autres artistes, des amateurs d'art. C'est ainsi qu'une sculpture en petit granit belge décore la demeure d'un industriel romain. Si les deux premières expositions ont eu pour cadre l'école (désaffectée par manque d'enfants), la troisième a pour cadre ma propre maison. Mes expositions sont aussi des ouvertures : vers de nouvelles commandes, pour des expositions permanentes et pour des expositions à l'étranger. Ainsi, pour la première fois, parmi les œuvres d'autres artistes, figurent quelques-unes de mes œuvres à l'Abbaye de Prüm, en Allemagne, dans le cadre d'une exposition d'art contemporain organisée par « Ardennes-Eifel ».

Mélusine - Messancy

Vous utilisez ou avez utilisé d'autres matériaux que la pierre. Lequel a votre préférence ? Et pourquoi ?

Je ne peux pas parler de préférence ! Tous les matériaux sont beaux dans la mesure où il peut y avoir communication. Contrairement à un être humain qui souffre si on veut le « sculpter », la matière se laisse faire, se laisse travailler, se laisse sculpter sans souffrance. Elle est une complice merveilleuse. Mais il faut respecter sa nature, ce qui implique de bien la connaître. Je travaille le bois, les bois, le granit, les marbres, le bronze, la terre... Mais les matières qui ont beaucoup de résistance ont un attrait particulier, car j'y trouve un défi à relever.

Pouvez-vous expliquer ce besoin de venir ou de revenir à la matière ?

J'ai toujours été proche de la matière et, enfant, je travaillais, je sciais du bois... Un jour, un ami m'a dit : « Fernand, fais bien attention parce que toi, l'intellectuel, qui sais encore travailler de tes mains, tu es un maillon dans ta famille. Avant, c'était tous des manuels. Après, tes enfants seront des intellectuels. Ils auront oublié le travail de la main. Alors fais bien attention, car tu es le seul capable de faire ce que tu fais. »

Par chance, aujourd'hui, mes trois enfants assurent le relais, dont une de mes filles qui réalise des vitraux remarquables.

Comment vivez-vous le rapport avec les différents matériaux ?

J'aime passer d'un matériau à l'autre. C'est un peu comme lorsqu'on parle avec l'une ou l'autre personne ! Pour les matériaux, c'est pareil. Je sais ce que j'attends, ce que je vais rencontrer. Il est important dès lors de choisir les bons outils. Ceux qui me permettent d'aller à la rencontre des résistances. Plus elles sont fortes, plus mon travail est intense, violent, et me laisse faire exploser toute une énergie contenue.

La forme ou les formes ? Quelles sont vos lignes préférées ?

Les courbes, c'est la Nature. Elles portent en elles l'aspect féminin.

Choisissez-vous des symboles pour vous exprimer ou est-ce le besoin d'exprimer des émotions et des sentiments qui vous conduit au symbole ?

La question ne devrait pas se poser de la sorte. D'abord, ce que je décide de faire n'est pas toujours un symbole. C'est plus souvent le remplacement de quelque chose qui manque. Au moment où mon regard croise un matériau, une pierre, ... tout vient « en bloc », la décision et l'image de ce que je veux en faire. Mais la matière s'impose d'une certaine manière, elle dit ce

Mur de becs et de plumes - Arlon

qu'elle peut devenir, ce qu'elle peut supporter. Je me répète, mais il faut bien connaître la matière.

En sculpture, rien n'est simple. Tout est complexe. Une réponse conduit à d'autres questions. Ainsi, il ne m'est jamais possible de prospecter complètement un sujet. Au début d'une œuvre, à chaque coup donné dans la matière, d'autres œuvres naissent dans mon esprit. Mais chaque coup donné ensuite m'éloigne toujours un peu plus de ces autres possibles et je dois les abandonner en cours de route. Je ne peux pas tous les faire ! C'est aussi une question de temps : l'esprit va plus vite que les mains !

De plus, pour moi, sculpter la matière n'a pas toujours une intention de communication. Je le fais aussi pour moi. Donc, je n'ai pas une volonté de donner trop explicitement la signification de mon œuvre. C'est donc au spectateur qu'il appartient de chercher, de comprendre mon travail. J'aime donc garder une part de mystère.

Avez-vous d'autres modes que la sulpture en expression artistique ?

Je fais de la peinture à l'huile, avec des pinceaux, mais aussi en utilisant des techniques bien particulières. Je ne révélerai pas le secret !

Et j'aime l'écriture... Je retourne toujours dans mon village pour écrire. L'écriture et la sculpture sont comme un jeu de balle, de ping-pong : j'écris pour parler de mes sculptures et mes sculptures puisent des personnages et des choses dans mes écrits.

Quel lien établissez-vous entre matière et langage verbal ?

La sculpture est un langage plus secret mais plus fort que le langage verbal... La sculpture reste longtemps, plus longtemps que l'écrit pour certaines et elle se détruit moins

Hommage à Grevisse - Rulles

facilement que le livre. Je ne puis cependant nier un aspect littéraire dans mes sculptures. En effet, un titre est donné au travail. Par exemple : un quatrain rimé a été gravé sur une de mes œuvres, une autre est appelée *Et moi, je vous dis...* J'aime aussi les jeux de mots tels que *Fumo e profumo del diavolo* (*Fumée et parfum du diable*).

Dans presque toutes mes sculptures, il y a une petite pointe de « pas sérieux », naviguant entre ironie, humour et dérision. Mais attention, j'aime porter un regard tendre sur les choses, j'éprouve beaucoup de tendresse.

Et si tout était à refaire... Que vous a apporté cet engagement ?

Pour moi, on n'a jamais à recommencer. On continue, mais parfois autrement, avec une autre vision, l'abandon de certaines choses... Il faut toujours miser sur l'avenir jusqu'au bout. J'aime dire : « Demain, je ferai quelque chose. » L'engagement ? Pour moi, ce n'est pas un engagement. C'est le besoin de remplir un vide. Pour cela, dès mon enfance, j'ai empoigné les outils de mon père, qui était menuisier, et j'ai travaillé le bois. Et je ne me suis plus arrêté !

Les écrits de Fernand Tomasi : un essai, *À la rencontre de l'enfant que j'étais,* de la poésie, *Nuit de vendredi, Sasso Muto (Pierre muette)* et des romans, *Les épines de l'aube, L'œil du crapaud, Le sillage des peupliers, La volte basse del silenzio* (*Les voûtes basses du silence*).

- Dans le texte, relève les phrases qui te sont tout à fait incompréhensibles et efforce-toi d'en saisir le sens avec des camarades de la classe.
- Compare ce texte avec d'autres interviews de peintres ou de sculpteurs.

ATOMES CROCHUS

Matériaux nobles et nouveaux matériaux

À travers l'histoire, les sculpteurs ont employé toutes sortes de matériaux. L'argile, ou terre glaise, a été utilisée dès la préhistoire, étant un matériau facile à extraire et à façonner. Mais la pierre a été de loin le matériau le plus répandu, que ce soit la pierre calcaire, très tendre, ou le marbre, beaucoup plus dur. Dans les régions pauvres en pierre, les artistes ont surtout travaillé le bois. L'ivoire, une matière propre, lisse et sans grains, a servi à exécuter de petites œuvres, car c'est un matériau très rare et très cher. Le plâtre, obtenu par la cuisson du gypse délayé dans l'eau, est un matériau peu coûteux, mais fragile et peu durable, dont on s'est servi pendant des siècles. Enfin, on a beaucoup utilisé des alliages de cuivre et d'étain qu'on a appelés bronzes.

Les sculpteurs modernes ont continué à utiliser largement tous ces matériaux dits « nobles », mais ils se sont rapidement approprié les nouveaux produits issus de la technologie moderne : le béton, le verre, les matières plastiques et toutes sortes de nouveaux métaux comme l'aluminium ou l'acier inoxydable, en fils, en tiges ou en plaques de diverses épaisseurs. Plus récemment, les sculpteurs se sont approprié une grande variété de déchets industriels de récupération ou d'objets quotidiens recyclés qui, détournés de leur fonction utilitaire, ont accédé au rang d'œuvres d'art.

Les démarches qui sont proposées ici te permettront de réaliser de magnifiques sculptures avec du matériel de récupération.

LA SCULPTURE SANS PEINE

Comme tu as pu le constater dans les textes précédents, il n'est pas nécessaire de frapper à grands coups avec un maillet sur un bloc de marbre pour faire de la sculpture. En fait, on peut utiliser toutes sortes de matériaux ordinaires. Voici quelques idées qui te permettront de fabriquer divers types d'œuvres en trois dimensions. N'hésite pas à les adapter à la mesure de ta créativité.

UNE SCULPTURE À QUATRE FACES

Voici sans doute la façon la plus simple et la plus rapide de faire apparaître une figure en trois dimensions.

Matériel

- du carton ondulé récupéré d'une boîte d'emballage
- de la gouache
- des ciseaux ou un couteau
- un pinceau et un crayon

Réalisation

1. Choisis un sujet qui possède une vue de face et une vue de profil bien significatives, c'est-à-dire reconnaissables au premier coup d'œil. Ici, nous prendrons pour exemple le personnage Arlequin de la *commedia dell'arte*.
2. Découpe dans le carton 2 rectangles de 15 cm sur 30 cm.
3. Découpe au centre de chaque rectangle une fente dont la largeur sera égale à l'épaisseur du carton. La fente doit faire la moitié de la longueur de chaque rectangle. Applique-toi bien, car cette fente te servira à assembler les deux cartons en croix pour faire une figure en trois dimensions.

4. Insère les rectangles l'un dans l'autre pour vérifier la solidité du montage. Fais au besoin des retouches.
5. Trace le contour de la face de ton sujet sur un des cartons et celui du profil sur l'autre carton. Fais les ajustements nécessaires de façon que les tracés des vues de face et de profil correspondent.
6. Découpe les deux cartons en suivant la ligne de contour.
7. Avec de la gouache, peins recto verso les deux formes que tu as découpées. Tu peux te servir d'un séchoir à cheveux pour accélérer le séchage de la gouache.
8. Assemble tes deux formes en croix.

UN BAS-RELIEF VITE FAIT

Un bas-relief, c'est une sculpture qui ne peut être vue que de face, contrairement à la sculpture en ronde-bosse, qui peut être regardée de tous les côtés. Pour réaliser un bas-relief, il te faudra une surface plane de matière facile à sculpter. Nous te proposons ici d'utiliser du plâtre de Paris, une matière qui est facile à préparer, qui sèche vite et qui peut être peinte comme l'ont été la plupart des bas-reliefs dans l'histoire de la sculpture.

Matériel

- une grosse boîte de plâtre de Paris
- une boîte de lait ou de jus
- de la gouache
- deux petites vis
- un bout de fil de fer
- du papier blanc ou du papier-calque
- des ciseaux
- des ciseaux à sculpter ou diverses sortes de couteaux
- un crayon (HB)
- un crayon gras (2 B)
- des pinceaux
- du papier de verre assez fin

Réalisation

1. Découpe la boîte de lait ou de jus de manière à faire un moule d'environ 3 cm d'épaisseur. La cire du carton empêchera le plâtre de coller au moule.
2. Avec tes camarades, prépare une bonne quantité de plâtre de Paris en suivant les indications données sur l'emballage. Verse ensuite le plâtre dans ton moule. Donne de petits coups secs sur le moule afin de t'assurer qu'il est complètement rempli de plâtre.
3. À 3 cm du bord d'un des côtés du moule, enfonce les deux vis en laissant dépasser les têtes de 1 cm. Laisse sécher le plâtre pendant environ 12 heures.

4. Sur du papier blanc ou du papier-calque, dessine au crayon le motif que tu désires reproduire sur ton bas-relief. Pour ce premier essai, il est préférable de faire un dessin assez simple.
5. Une fois le plâtre bien sec, retire-le délicatement du moule. Polis la surface qui se trouvait au fond en utilisant du papier de verre.
6. Frotte le verso de ton dessin avec un crayon gras, puis applique-le sur la surface de plâtre que tu as polie. Retrace ensuite les lignes de ton dessin en appuyant fortement sur ton crayon.

7. À l'aide d'un couteau ou d'un ciseau à sculpter, creuse le plâtre aux endroits voulus de façon à mettre en relief les éléments du dessin que tu désires faire ressortir.
8. Avec de la gouache et des pinceaux, peins ton bas-relief.
9. Fixe le fil de fer aux deux vis et suspends ton bas-relief.

DES SCULPTURES DE RÉCUPÉRATION

Pour réussir un assemblage, il te faut tout simplement prendre plaisir à ramasser divers objets de récupération et à les agencer pour faire de belles formes. Regarde bien autour de toi, tu trouveras de véritables petits trésors : vieux cartons, cintres, ficelles, boutons, etc. Conserve précieusement tes trouvailles dans une boîte.

Pour créer ton assemblage, laisse-toi inspirer par la forme des objets que tu as rassemblés, ou choisis un sujet et essaie de trouver les objets qui, une fois assemblés, te permettront de le représenter. Pour l'assemblage, le pistolet de colle chaude est la solution la plus commode.

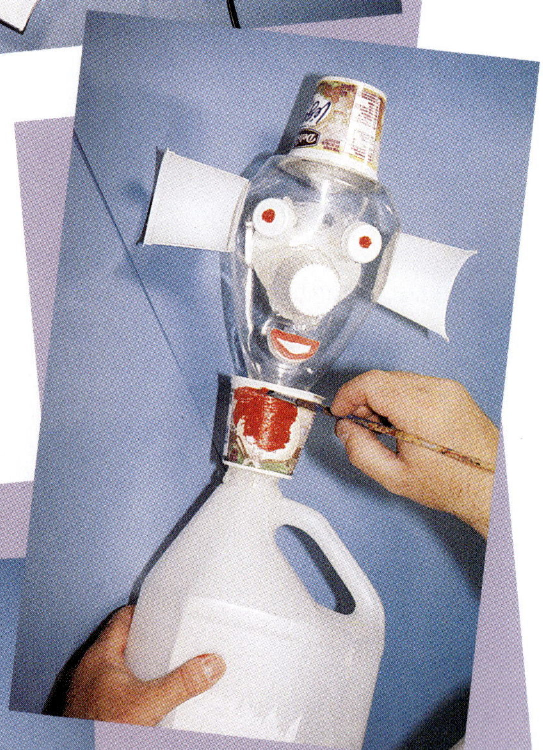

Dans l'exemple que nous donnons ci-contre, un contenant de plastique transparent a évoqué pour l'artiste une tête d'extraterrestre. Il a donc utilisé le matériel de récupération dont il disposait pour fabriquer les autres parties du corps et pour en compléter l'assemblage.

Une fois le tout bien fixé, il a suffi d'un bon coup de pinceau pour faire apparaître un joli Martien. Réussi, n'est-ce pas ? À toi de jouer maintenant !

- Quelle sculpture désires-tu expérimenter ?
- As-tu des idées pour adapter ces modèles ?

QUOI

Le monumental mont Rushmore

Des ouvriers-sculpteurs peaufinent les traits des présidents.

Un historien qui voyait grand eut un jour l'idée de faire sculpter des statues géantes à même le roc du massif des *Black Hills* (« collines noires »), situé dans le Dakota du Sud, aux États-Unis. Pourquoi ? Tout simplement pour attirer des touristes dans cette région plutôt sauvage.

Pour ce projet d'envergure, il fit appel à un certain Gutzon Borglum (1867-1941), un artiste non conventionnel spécialisé dans les sculptures de grande dimension. Borglum, qui était fils d'immigrants danois, décida donc de s'attaquer au mont Rushmore pour en faire un monument à la gloire des États-Unis d'Amérique. Il choisit pour cela de sculpter les têtes de quatre présidents américains ayant marqué l'histoire de leur pays : celles de George Washington, premier président américain, de Thomas Jefferson, auteur de la Déclaration d'indépendance, d'Abraham Lincoln, qui a aboli l'esclavage et, enfin, de Theodore Roosevelt, le premier président à avoir pris des mesures pour préserver les ressources naturelles des États-Unis.

Pour réaliser cette œuvre colossale — chaque tête mesure environ 18 mètres de hauteur —, Borglum a d'abord fait des maquettes de plâtre construites à l'échelle 1/12. Pour le dégrossissage, le sculpteur utilisa la dynamite, seule façon de parvenir à détacher de si gros morceaux de granit. Une fois la forme des têtes terminée, Borglum et son équipe ont mesuré les traits des visages et tracé des repères en utilisant un ingénieux système de points. Des artificiers chevronnés ont ensuite poursuivi le dynamitage de précision. Puis des ouvriers-sculpteurs, installés dans des espèces de balançoires suspendues à plus de 150 mètres d'altitude, ont entrepris de définir et de peaufiner les traits des illustres présidents à l'aide de marteaux-piqueurs.

Entre 1927 et 1941, l'équipe de Borglum sculpta le granit pendant six années et demie, le reste du temps étant consacré à recueillir les fonds nécessaires pour la poursuite des travaux. Depuis l'inauguration du site du mont Rushmore, des millions de touristes ont admiré la plus gigantesque œuvre sculptée au monde.

Lis cette troublante histoire de statue écrite au XIXe siècle par le célèbre auteur Prosper Mérimée.

LA VÉNUS D'ILLE

Je descendais le dernier coteau de Canigou, et, bien que le soleil fût déjà couché, je distinguais dans la plaine les maisons de la petite ville d'Ille, vers laquelle je me dirigeais.

— Vous savez, dis-je au Catalan qui me servait de guide depuis la veille, vous savez sans doute où demeure M. de Peyrehorade ?

— Si je le sais ! s'écria-t-il, je connais sa maison comme la mienne. C'est la plus belle d'Ille. Il a de l'argent, oui, M. de Peyrehorade; et il marie son fils à plus riche que lui encore.

J'étais recommandé à M. de Peyrehorade par mon ami M. de P. C'était, m'avait-il dit, un antiquaire fort instruit et d'une complaisance à toute épreuve. Il se ferait un plaisir de me montrer toutes les ruines à dix lieues à la ronde.

— Gageons, monsieur, me dit mon guide, comme nous étions déjà dans la plaine, gageons un cigare que je devine ce que vous allez faire chez M. de Peyrehorade ? Tenez, je parierais que vous venez à Ille pour voir l'idole ?

— L'idole ! Quelle idole ?

— M. de Peyrehorade nous dit, il y a quinze jours, à Jean Coll et à moi, de déraciner un vieil olivier qui était gelé de l'année dernière. Voilà donc qu'en travaillant, Jean Coll, qui y allait de tout cœur, il donne un coup de pioche, et j'entends bimm... comme s'il avait tapé sur une cloche. Qu'est-ce que c'est ? que je dis. Nous piochons toujours, nous piochons, et voilà qu'il paraît une main noire, qui semblait la main d'un mort qui sortait de terre. Moi, la peur me prend. Je m'en vais à monsieur, et je lui dis : — Des morts, notre maître, qui sont sous l'olivier ! Faut appeler le curé. — Quels morts ? qu'il me dit. Il vient, et il n'a pas plutôt vu la main qu'il s'écrie : — Un antique ! un antique ! — Vous auriez cru qu'il avait trouvé un trésor. Et le voilà, avec la pioche, avec les mains, qui se démène et qui faisait quasiment autant d'ouvrage que nous deux.

— Et enfin que trouvâtes-vous ?

— Une grande femme noire plus qu'à moitié nue, révérence parler, monsieur, toute en cuivre, et M. de Peyrehorade nous a dit que c'était une idole du temps des païens... Elle a l'air méchante... et elle l'est aussi.

— Méchante ! Quelle méchanceté vous a-t-elle faite ?

— Pas à moi précisément; mais vous allez voir. Nous nous étions mis à quatre pour la dresser debout, et M. de Peyrehorade, qui lui aussi tirait à la corde, bien qu'il n'ait guère plus de force qu'un poulet, le digne homme ! Avec bien de la peine nous la mettons droite. J'amassais un tuileau pour la caler, quand, patatras ! la voilà qui tombe à la renverse tout d'une masse. Je dis : Gare dessous ! Pas assez vite pourtant, car Jean Coll n'a pas eu le temps de tirer sa jambe...

Devisant de la sorte, nous entrâmes à Ille, et je me trouvai bientôt en présence de M. de Peyrehorade.

— Ah çà ! mon cher hôte, me dit M. de Peyrehorade, le souper tirant à sa fin, vous m'appartenez, vous êtes chez moi. Je ne vous lâche plus, sinon quand vous aurez vu tout ce que nous avons de curieux dans nos montagnes. Monuments phéniciens, celtiques, romains, arabes, byzantins, vous verrez tout, depuis le cèdre jusqu'à l'hysope. Je vous mènerai partout et ne vous ferai pas grâce d'une brique. Je vous réserve une fière surprise pour demain.

— Mon Dieu ! lui dis-je, il est difficile d'avoir un trésor dans sa maison sans que le public en soit instruit. Mais si c'est de votre statue qu'il s'agit, la description que mon guide m'en a faite n'a servi qu'à exciter ma curiosité et à me disposer à l'admiration.

— Ah ! il vous a parlé de l'idole, car c'est ainsi qu'ils appellent ma belle Vénus. Demain, au grand jour, vous la verrez, et vous me direz si j'ai raison de la croire un chef-d'œuvre.

Le souper finit. Je montai enfin à la chambre qui m'était destinée.

Il était grand jour quand je me réveillai. Je descendis dans le jardin, et me trouvai devant une admirable statue.

C'était bien une Vénus, et d'une merveilleuse beauté. Elle avait le haut du corps nu, comme les anciens représentaient d'ordinaire les grandes divinités; la main droite, levée à la hauteur du sein, était tournée, la paume en dedans, le pouce et les deux premiers doigts étendus, les deux autres légèrement ployés. L'autre main, rapprochée de la hanche, soutenait la draperie qui couvrait la partie inférieure du corps.

Il est impossible de voir quelque chose de plus parfait que le corps de cette Vénus; rien de plus suave, de plus voluptueux que ses contours; rien de plus élégant et de plus noble que sa draperie. Je m'attendais à quelque ouvrage du Bas-Empire; je voyais un chef-d'œuvre du meilleur temps de la statuaire. Ce qui me frappait surtout, c'était l'exquise vérité des formes, en sorte qu'on aurait pu les croire moulées sur nature, si la nature produisait d'aussi parfaits modèles.

La chevelure, relevée sur le front, paraissait avoir été dorée autrefois. La tête, petite comme celle de presque toutes les statues grecques, était légèrement inclinée en avant. Quant à la figure, jamais je ne parviendrai à exprimer son caractère étrange, et dont le type ne se rapprochait de celui d'aucune statue antique dont il me souvienne. Ce n'était point cette beauté calme et sévère des sculpteurs grecs, qui, par système, donnaient à tous les traits une majestueuse immobilité. Ici, au contraire, j'observais avec surprise l'intention marquée de l'artiste de rendre la malice arrivant jusqu'à la méchanceté. Tous les traits étaient contractés légèrement : les yeux un peu obliques, la bouche relevée des coins, les narines quelque peu gonflées. Dédain, ironie, cruauté, se lisaient sur ce visage d'une incroyable beauté cependant. En vérité, plus on regardait cette admirable statue, et plus on éprouvait le sentiment pénible qu'une si merveilleuse beauté pût s'allier à l'absence de toute sensibilité.

— Maintenant que vous avez tout admiré en détail, mon cher collègue en antiquaillerie, dit mon hôte, ouvrons, s'il vous plaît, une conférence scientifique. Que dites-vous de cette inscription, à laquelle vous n'avez point pris garde encore ?

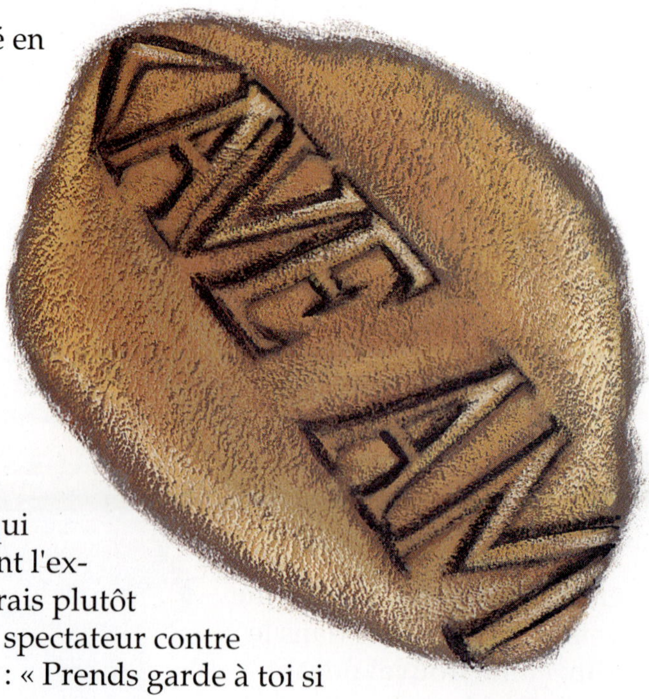

Il me montrait le socle de la statue, et j'y lus ces mots :

CAVE AMANTEM

— Mais, répondis-je, il y a deux sens. On peut traduire : « Prends garde à celui qui t'aime, défie-toi des amants. » En voyant l'expression diabolique de la dame, je croirais plutôt que l'artiste a voulu mettre en garde le spectateur contre cette terrible beauté. Je traduirais donc : « Prends garde à toi si *elle* t'aime. »

La cloche du déjeuner interrompit cet entretien classique, et, de même que la veille, je fus obligé de manger comme quatre. Puis vinrent des fermiers de M. de Peyrehorade, et pendant qu'il leur donnait audience, son fils me mena voir une calèche qu'il avait achetée à Toulouse pour sa fiancée, et que j'admirai, cela va sans dire. Enfin il en vint à me parler de sa future, par la transition d'une jument grise qu'il lui destinait.

— Nous la verrons aujourd'hui, dit-il. Je ne sais si vous la trouverez jolie. Le bon, c'est qu'elle est fort riche. Sa tante de Prades lui a laissé son bien.

Je fus profondément choqué de voir un jeune homme paraître plus touché de la dot que des beaux yeux de sa future.

— Vous vous connaissez en bijoux, poursuivit M. Alphonse, comment trouvez-vous ceci ? Voici l'anneau que je lui donnerai demain.

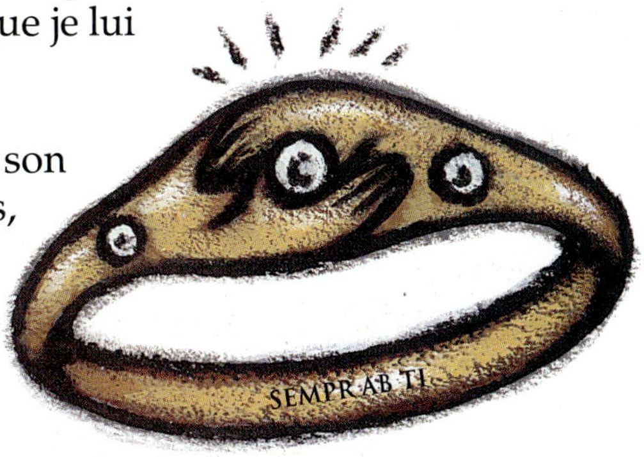

En parlant ainsi, il tirait de la première phalange de son petit doigt une grosse bague enrichie de diamants, et formée de deux mains entrelacées; allusion qui me parut infiniment poétique. Dans l'intérieur de la bague se lisaient ces mots en lettres gothiques : *Sempr'ab ti*, c'est-à-dire, toujours avec toi.

— L'usage à Paris, lui dis-je, est de donner un anneau tout simple, ordinairement composé de deux métaux différents, comme de l'or et du platine. Tenez, cette autre bague, que vous avez à ce doigt, serait fort convenable.

— Cette petite bague-là, c'est une femme à Paris qui me l'a donnée un jour de mardi gras.

Nous devions dîner ce jour-là à Puygarrig, chez les parents de la future, nous montâmes en calèche, et nous nous rendîmes au château.

Mademoiselle de Puygarrig avait dix-huit ans; sa taille souple et délicate contrastait avec les formes osseuses de son robuste fiancé. Elle était non seulement belle, mais séduisante. J'admirais le naturel parfait de toutes ses réponses, et son air de bonté, qui pourtant n'était pas exempt d'une légère teinte de malice, me rappela, malgré moi, la Vénus de mon hôte. Dans cette comparaison que je fis en moi-même, je me demandais si la supériorité de beauté qu'il fallait bien accorder à la statue ne tenait pas, en grande partie, à son expression de tigresse; car l'énergie, même dans les mauvaises passions, excite toujours en nous un étonnement et une espèce d'admiration involontaire.

En revenant à Ille, et ne sachant trop que dire à madame de Peyrehorade, à qui je croyais convenable d'adresser quelquefois la parole :

— Vous êtes bien esprits forts en Roussillon ! m'écriai-je; comment, madame, vous faites un mariage un vendredi ! À Paris nous aurions plus de superstition, personne n'oserait prendre femme un tel jour.

— Mon Dieu ! ne m'en parlez pas, me dit-elle, si cela n'avait dépendu que de moi, certes on eût choisi un autre jour. Mais Peyrehorade l'a voulu, et il a fallu lui céder. Cela me fait de la peine pourtant. S'il arrivait quelque malheur ? Il faut bien qu'il y ait une raison, car enfin pourquoi tout le monde a-t-il peur du vendredi ?

— Vendredi ! s'écria son mari, c'est le jour de Vénus ! Bon jour pour un mariage ! Vous le voyez, mon cher collègue, je ne pense qu'à ma Vénus.

(À suivre.)

Dans ton milieu, il y a sûrement une église, un hôtel de ville ou tout autre édifice public. En connais-tu le style architectural ? En lisant la brève histoire de l'architecture qui suit, tu seras en mesure de mieux apprécier la qualité des édifices que tu verras.

L'ARCHITECTURE : UNE LONGUE HISTOIRE

L'architecture, ou l'art de construire des édifices, n'est pas née d'hier. Depuis des millénaires, les hommes bâtissent des abris à l'aide de techniques ingénieuses. Au départ, ils utilisaient des matériaux simples et à leur portée, comme de la boue, des fougères, des joncs, de la bouse de vache ou de la glace, pour ériger d'humbles constructions qui n'ont malheureusement pas résisté au temps. C'est pourquoi l'histoire de l'architecture s'intéresse surtout aux édifices importants, conçus pour durer, comme les temples, les châteaux et les cathédrales. Ce survol de la très longue histoire de l'architecture te permettra de découvrir comment les hommes ont réussi à construire des bâtiments alliant à la fois solidité et beauté.

Le sphinx de Gizeh, un corps de lion à tête d'homme. Cette immense sculpture date de l'an 2550 avant Jésus-Christ.

L'ÉGYPTE

On situe généralement les débuts de l'histoire de l'architecture en Égypte, il y a environ 5000 ans. C'est à cette époque que les Égyptiens commencent à ériger d'imposantes pyramides qui servent de tombeaux aux pharaons. Ils emploient parfois plus de 100 000 esclaves pour hisser les énormes blocs de pierre pesant jusqu'à 3 tonnes chacun. Et ces blocs sont si bien taillés et ajustés qu'il serait impossible de glisser une lame de couteau entre eux.

La plus grande pyramide que l'on peut voir encore aujourd'hui est celle de Khéops : elle mesure 137 mètres de haut. À l'intérieur, des galeries en pente conduisent à la chambre funéraire du pharaon.

LA GRÈCE CLASSIQUE

Plus tard, vers l'an 600 avant notre ère, les Grecs se distinguent par leurs temples formés de puissantes colonnes surmontées de poutres. Ces constructions harmonieuses et équilibrées sont faites d'un assemblage parfait de blocs de marbre, tout simplement empilés les uns sur les autres, sans mortier. L'édifice ne tient donc que par la force de la gravité.

Chez les Grecs, l'élément vertical, la colonne notamment, prédomine. Le Parthénon illustre bien ce type d'architecture. Des poutres sont déposées sur une série de colonnes faites de blocs empilés les uns sur les autres.

ROME

Lorsque les Romains font la conquête de la Grèce, ils s'inspirent beaucoup de l'architecture de ce pays. Mais ces ingénieurs hors pair inventent aussi de nouvelles techniques. Ils comprennent l'importance de la brique, que l'on peut façonner selon ses besoins, et ils inventent le béton. Mais, surtout, ils mettent au point l'arc. Ainsi, c'est avec les Romains que les formes rondes apparaissent en architecture. Arches, dômes, coupoles, voûtes deviendront très populaires puisque ce sont les structures les plus solides.

Grâce à leurs innovations architecturales, les Romains peuvent construire des édifices gigantesques beaucoup plus rapidement que les Grecs. La taille de leurs constructions restera inégalée jusqu'au XIXe siècle.

L'arche, une création typique des Romains, est faite de pierres ou de briques disposées en demi-cercle et maintenues en place par la clé de voûte, une pierre placée au sommet de l'arc.

Le Colisée de Rome est un vaste amphithéâtre formé d'innombrables arches et voûtes. Cet édifice impressionnant n'aurait pu voir le jour sans l'invention du béton.

LE MOYEN ÂGE

Les cathédrales gothiques sont sans aucun doute les constructions les plus remarquables du Moyen Âge. Les architectes de l'époque réussissent à ériger des églises très hautes et bien éclairées. En effet, grâce à la découverte des arcs-boutants, les murs n'ont plus à soutenir tout le poids de l'édifice. On peut donc y percer d'immenses fenêtres qui laissent entrer la lumière à travers de magnifiques vitraux. De plus, les arcs d'ogives croisés au plafond supportent mieux le poids du toit. Comme on n'a plus besoin de colonnes massives, on peut hausser la hauteur du plafond.

Les arcs-boutants sont des arcs de pierre appuyés sur l'édifice qui reçoivent la poussée s'exerçant sur les murs. À l'intérieur, les arcs d'ogives croisés du plafond permettent de réduire la grosseur des colonnes.

Ci-dessous, on voit un gros plan d'arcs-boutants. À gauche, on distingue bien les arcs d'ogives croisés au plafond.

LA RENAISSANCE ET LA PÉRIODE CLASSIQUE

À partir de la Renaissance, au XVe siècle, on redécouvre en Italie l'héritage gréco-romain. Un nouveau style, qui s'inspire des exemples de l'Antiquité, se répand rapidement dans toute l'Europe. Au cours des siècles suivants, les architectes se contentent d'assembler différemment des éléments déjà connus comme les arches et les colonnes. Ils réalisent ainsi des constructions impressionnantes d'une grande richesse sur le plan décoratif et marquées par un esprit de grandeur. Les peintures, sculptures, fresques et boiseries font désormais partie intégrante des édifices.

▲ La basilique Saint-Pierre de Rome, le plus grand temple de la chrétienté, a été conçue par des architectes aussi illustres que Bramante, Raphaël et Michel-Ange. Il constitue un bel exemple de l'architecture de la Renaissance.

◀ Le Panthéon de Paris, construit au XVIIIe siècle. Inspirée de la magnificence de l'architecture grecque, la façade est décorée de colonnes corinthiennes surmontées d'un fronton triangulaire.

▶ Le Capitole de Washington, siège du Sénat et de la chambre des représentants des États-Unis. L'inspiration gréco-romaine de son architecture se retrouve dans de nombreux édifices institutionnels de l'est de l'Amérique : palais de justice, mairies, universités, musées, etc.

LA RÉVOLUTION INDUSTRIELLE

Au XIXe siècle, de nouveaux procédés permettent la production de fer, d'acier et de verre à faible coût. Les architectes sont ainsi en mesure d'ériger de surprenantes constructions à partir d'éléments fabriqués à grande échelle. Apparaissent alors des gares et des salles d'exposition comportant de très grandes fenêtres et même des murs ou des toits de verre, du verre incassable fixé sur des charpentes en acier.

▶ La tour Eiffel, à Paris. Érigée de 1887 à 1889, elle est constituée de 122 000 pièces de métal assemblées avec 2 millions de rivets.

◀ Le Crystal Palace de Londres, construit pour accueillir l'exposition universelle de 1851. L'édifice de 124 mètres sur 563 mètres est fait d'une immense structure de pièces de métal portant 83 600 mètres carrés de verre. Ce chef-d'œuvre architectural, entièrement composé d'éléments préfabriqués, préfigure les constructions d'acier et de verre du XXe siècle.

HUMANO MANIE

Victor Horta : fondateur de l'Art nouveau

D'abord étudiant à l'académie de Gand, sa ville natale, l'architecte et décorateur belge Victor Horta termine sa formation à l'académie de Bruxelles en 1881. Comme beaucoup de ses contemporains, il s'élève contre l'architecture et le décor académiques, qu'il juge depuis trop longtemps figés par le style gréco-romain. Pour briser le carcan des conventions, il crée un style neuf et original : l'Art nouveau.

En 1893, Victor Horta accède rapidement à la célébrité. Son architecture asymétrique, qui semble libre de toute référence, délaisse la rigueur géométrique au profit d'un décor où prime l'inspiration végétale. Vitraux, mosaïques, fer, verre, tous les matériaux sont utilisés pour créer une ambiance inédite où foisonnent les détails ornementaux et la couleur. Même les structures de la construction contribuent à la valeur décorative de l'immeuble. En fait, cet architecte de l'Art nouveau transforme l'habitat privé en une véritable œuvre d'art.

Le musée de la BD.

Horta a construit des hôtels, des habitations et des magasins, dont sa maison personnelle (1899), devenue le musée Horta, et le magasin Waucquez (1901), aujourd'hui le musée de la Bande dessinée de Bruxelles. Curieusement, ses réalisations des années ultérieures, comme le palais des Beaux-Arts (1922-1928) et la Gare centrale de Bruxelles (1925), sont plus classiques. Ce grand maître a aussi été professeur d'architecture et de beaux-arts de 1892 à 1927 et directeur de l'académie des beaux-arts de Bruxelles de 1913 à 1931, marquant profondément toute une génération d'architectes.

L'ÉPOQUE MODERNE

À partir des années 1920, sous l'influence de grands architectes comme Le Corbusier, Mies van der Rohe et Frank Lloyd Wright, l'architecture emprunte différentes voies : géométrie rigoureuse et volumes cubiques pour certains édifices, structures plus souples pour d'autres. L'invention du béton armé, du ciment coulé dans des coffrages de bois et renforcé par une armature de tiges d'acier, joue un rôle important dans ce renouveau de l'architecture, car il permet de créer des édifices aux formes très audacieuses. Sans compter que les architectes disposent aussi d'outils très puissants et de matériaux extrêmement variés.

▲ La tour du CN, à Toronto, avec ses 553 mètres de hauteur, est une des plus hautes tours du monde. Ses ascenseurs extérieurs vitrés amènent les visiteurs à 350 mètres du sol en 58 secondes.

◄ L'édifice IBM de Chicago, réalisé par Mies van der Rohe.

Les constructions les plus typiques de notre époque demeurent toutefois les gratte-ciel, qu'on trouve aujourd'hui dans toutes les grandes villes du monde, notamment à New York, sur l'île de Manhattan, qui affiche la plus grande concentration de ces édifices en hauteur. Les gratte-ciel sont le plus souvent constitués d'un squelette de poutres d'acier et de blocs de béton recouvert de verre. Et grâce aux méthodes actuelles, ces énormes constructions peuvent voir le jour très rapidement.

- Quelles informations du texte as-tu trouvées les plus étonnantes ?
- Selon toi, quels sont dans ton milieu les édifices les plus intéressants sur le plan architectural ?

▲ Vue de Wall Street, à New York.

◀ Le sommet de l'Empire State Building. Achevé en 1931, le gratte-ciel reste encore aujourd'hui un des plus hauts du monde.

▼ Vue de l'île de Manhattan. On y distingue les deux tours géantes du World Trade Center.

▲ La couronne d'acier inoxydable du Chrysler Building de New York, une des innovations de l'architecte William van Allen.

QUOI

Hundertwasser : la force de la nature

Pour créer ses œuvres, le peintre et architecte autrichien Hundertwasser s'inspire essentiellement de la nature qui, selon lui, présente constamment des formes nouvelles. Il a tout particulièrement horreur des lignes droites, qu'il considère comme immorales, et déteste l'uniformité. Pas étonnant que cet artiste controversé porte toujours des vêtements de couleurs contrastées et des chaussettes dépareillées ! Son œuvre est tout aussi originale. Par exemple, pour un incinérateur à ordures de Vienne, il a créé une structure fantaisiste qui rappelle bien plus un palais des mille et une nuits qu'un immeuble industriel. La haute cheminée de l'incinérateur est coiffée d'un gros bulbe d'oignon doré, un second soleil selon l'artiste, et le reste du bâtiment est constitué de formes hétéroclites et de motifs bigarrés. À ceux qui lui ont reproché de camoufler une usine polluante sous un décor romantique, l'artiste a répliqué que les bâtiments laids constituent une pollution visuelle bien plus nocive, qui dévore littéralement l'âme humaine.

► Dans l'immeuble d'habitation que Hundertwasser a construit à Vienne, les murs et les planchers sont tout en courbes et en bosses. On doit s'y déplacer prudemment, en étant attentif à chaque pas que l'on fait, comme dans une forêt.

▲ L'incinérateur conçu par Hundertwasser. On n'y trouve bien sûr aucune ligne droite. Pour l'artiste, les lignes droites et les formes régulières des bâtiments modernes sont des tombeaux de béton monotones desquels de plus en plus de gens tentent de s'échapper en consommant des drogues ou de l'alcool.

Un cabinet d'architectes vient de vous confier, à tes camarades d'équipe et à toi, la réalisation d'un important projet. Dans un premier temps, choisissez la structure qui correspond le mieux à vos goûts et aptitudes : un gratte-ciel, une tour, un pont, une station de métro, un centre commercial, un tunnel, une salle de spectacle, etc. Ensuite, dessinez l'édifice en faisant des plans à l'échelle. Tout au long de l'élaboration de votre projet, rédigez un cahier des charges dans lequel vous inscrirez tous les renseignements qui ne figurent pas dans vos plans : description des parties de l'édifice, matériaux utilisés, solutions trouvées pour répondre aux contraintes auxquelles l'édifice est soumis, etc. Vous vous servirez des renseignements qui se trouvent dans ce cahier des charges pour présenter oralement votre projet.

En rédigeant le cahier des charges, prête une attention particulière à l'emploi de l'auxiliaire qui pose certaines difficultés pour des verbes comme* arriver, monter, descendre *ou* rester. *Rappelle-toi aussi que les noms collectifs, dans la plupart des cas, ne prennent pas eux-mêmes la marque du pluriel, mais qu'ils commandent souvent un pluriel (un ensemble de bâtiments, un tas de pierres, une foule de détails, etc.).

QUOI

Merveilles architecturales

Le château de Neuschwanstein

Le château de Neuschwanstein a servi de modèle au château situé à l'entrée de Disneyworld, en Floride. Érigé sur un site peu accessible, Neuschwanstein a été construit à la fin du XIXe siècle par Louis de Bavière, qu'on appelait aussi Louis le fou. Ce roi romantique et idéaliste avait un net penchant pour la construction : passant près de ruiner son royaume, il fit bâtir de nombreux châteaux à l'architecture fantastique. Aujourd'hui, ils comptent parmi les attractions touristiques les plus populaires d'Allemagne.

La tour de Pise

Construire une tour a toujours posé problème parce qu'une structure haute et étroite a souvent tendance à pencher. Les architectes de la tour de Pise ont été confrontés à ce problème : commencée en 1154, la tour a vite montré des signes d'inclinaison, car elle est érigée sur un sol de glaise mou et humide qui peut difficilement la supporter. Encore aujourd'hui, l'avenir de la tour de Pise est incertain, et des ingénieurs cherchent des solutions pour éviter qu'elle ne s'effondre.

Le Tãj Mahal

Remarquable par ses pierres de marbre blanc, sa coupole qui s'élève à 61 mètres et ses 4 minarets de 40 mètres de haut, le Tãj Mahal est considéré par bien des architectes comme le plus beau monument du monde. Construit à Agra, en Inde, entre 1630 et 1652, ce monument funéraire sert de tombeau à l'une des épouses de l'empereur Shãh Jahãn.

LA VÉNUS D'ILLE (deuxième partie)

Le lendemain dès huit heures j'étais assis devant la Vénus, un crayon à la main, recommençant pour la vingtième fois la tête de la statue, sans pouvoir parvenir à en saisir l'expression. M. de Peyrehorade disposait des roses du Bengale sur le piédestal de la statue, et d'un ton tragi-comique lui adressait des vœux pour le couple qui allait vivre sous son toit. Vers neuf heures il rentra pour songer à sa toilette, et en même temps parut M. Alphonse, bien serré dans un habit neuf, en gants blancs, souliers vernis, boutons ciselés, une rose à la boutonnière.

En ce moment commençait, sur le jeu de paume, une partie qui, sur-le-champ, attira l'attention de M. Alphonse. Et moi, fatigué, et désespérant de rendre cette diabolique figure, je quittai bientôt mon dessin pour regarder les joueurs. Il y avait parmi eux quelques muletiers espagnols arrivés de la veille. C'étaient des Aragonais et des Navarrois, presque tous d'une adresse merveilleuse. Aussi les Illois, bien qu'encouragés par la présence et les conseils de M. Alphonse, furent-ils assez promptement battus par ces nouveaux champions. Les spectateurs nationaux étaient consternés. M. Alphonse regarda à sa montre.

— Il faut soutenir l'honneur du pays, dit-il.

Je le vis chausser à la hâte une paire de sandales, retrousser ses manches, et, d'un air assuré, se mettre à la tête du parti vaincu, comme César ralliant ses soldats à Dyrrachium.

Contre l'attente générale, M. Alphonse manqua la première balle. Il jeta sa raquette à terre avec fureur.

— C'est cette maudite bague, s'écria-t-il, qui me serre le doigt, et me fait manquer une balle sûre !

Il ôta, non sans peine, sa bague de diamants : je m'approchais pour la recevoir; mais il me prévint, courut à la Vénus, lui passa la bague au doigt annulaire, et reprit son poste à la tête des Illois. Il était pâle, mais calme et résolu. Dès lors il ne fit plus une seule faute, et les Espagnols furent battus complètement.

M. Alphonse courut à la maison, se lava la figure et les mains, remit son habit neuf et ses souliers vernis, et cinq minutes après nous étions au grand trot sur la route de Puygarrig.

À Puygarrig, le cortège allait se mettre en marche pour la mairie, lorsque M. Alphonse, se frappant le front, me dit tout bas : — Quelle brioche ! J'ai oublié la bague ! Elle est au doigt de la Vénus, que le diable puisse l'emporter ! Bah ! ce n'est rien : j'ai une autre bague.

Les deux cérémonies civile et religieuse s'accomplirent avec la pompe convenable et mademoiselle de Puygarrig reçut l'anneau d'une modiste de Paris, sans se douter que son fiancé lui faisait le sacrifice d'un gage amoureux. Puis on se mit à table, où l'on but, mangea, chanta même, le tout fort longuement.

Il était près de huit heures quand on se disposa à partir pour Ille. Le souper nous attendait, et quel souper !

M. de Peyrehorade, ayant réclamé le silence, chanta à la mariée quelques vers catalans, impromptus, disait-il. En voici le sens, si je l'ai bien compris :

« Qu'est-ce donc, mes amis ? Le vin que j'ai bu me fait-il voir double ? Il y a deux Vénus ici... »

Le marié tourna brusquement la tête d'un air effaré, qui fit rire tout le monde.

« Oui, poursuivit M. de Peyrehorade, il y a deux Vénus sous mon toit. L'une, je l'ai trouvée dans la terre comme une truffe; l'autre, descendue des cieux, vient de nous partager sa ceinture. »

Il voulait dire sa jarretière.

« Mon fils, choisis de la Vénus romaine ou de la catalane celle que tu préfères. Le maraud prend la catalane, et sa part est la meilleure. La romaine est noire, la catalane est blanche. La romaine est froide, la catalane enflamme tout ce qui l'approche. »

M. Alphonse me tira dans l'embrasure d'une fenêtre, et me dit en détournant les yeux :

— Vous allez vous moquer de moi... Mais je ne sais ce que j'ai... je suis ensorcelé ! Le diable m'emporte !

Il avait la voix entrecoupée. Je le crus tout à fait ivre.

— Vous savez bien mon anneau ? poursuivit-il après un silence... Je... je ne puis l'ôter du doigt de cette diable de Vénus.

— Bon ! vous n'avez pas tiré assez fort.

— Si fait... Mais la Vénus... elle a serré le doigt. Le doigt de la Vénus est retiré, reployé; elle serre la main, m'entendez-vous ?... C'est ma femme, apparemment, puisque je lui ai donné mon anneau... Elle ne veut plus le rendre.

J'éprouvai une frisson subit, et j'eus un instant la chair de poule. Puis, un grand soupir qu'il fit m'envoya une bouffée de vin, et toute émotion disparut.

« Le misérable, pensai-je, est complètement ivre. »

Le temps avait changé pendant le souper, et la pluie commençait à tomber avec force. De la porte je jetai un coup d'œil sur la statue ruisselante d'eau, et je montai dans ma chambre.

Je dormis mal et me réveillai plusieurs fois. Il pouvait être cinq heures du matin, et j'étais éveillé depuis plus de vingt minutes lorsque le coq chanta. J'allais refermer les yeux lorsque mon attention fut excitée par des trépignements étranges auxquels se mêlèrent bientôt le tintement des sonnettes et le bruit de portes qui s'ouvraient avec fracas, puis je distinguai des cris confus.

Je m'habillai rapidement et j'entrai dans le corridor. De l'extrémité opposée partaient des cris et des lamentations, et une voix déchirante dominait toutes les autres : « Mon fils ! mon fils ! » Il était évident qu'un malheur était arrivé à M. Alphonse. Je courus à la chambre nuptiale : elle était pleine de monde. Le premier spectacle qui frappa ma vue fut le jeune homme à demi vêtu, étendu en travers sur le lit dont le bois était brisé. Il était livide, sans mouvement. Sur un canapé, à l'autre bout de la chambre, était la mariée, en proie à d'horribles convulsions. Elle poussait des cris inarticulés, et deux robustes servantes avaient toutes les peines du monde à la contenir.

Je m'approchai du lit et soulevai le corps du malheureux jeune homme; il était déjà roide et froid. Ses dents serrées et sa figure noircie exprimaient les plus affreuses angoisses. Il paraissait assez que sa mort avait été violente et son agonie terrible. Nulle trace de sang cependant sur ses habits. J'écartai sa chemise et vis sur sa poitrine une empreinte livide qui se prolongeait sur les côtes et le dos. On eût dit qu'il avait été étreint dans un cercle de fer. Mon pied se posa sur quelque chose de dur qui se trouvait sur le tapis; je me baissai et vis la bague de diamants.

Je regagnai ma chambre, et j'y restai jusqu'à midi. Alors je sortis et demandai des nouvelles de mes hôtes. Ils étaient un peu plus calmes. Mademoiselle de Puygarrig, je devrais dire la veuve de M. Alphonse, avait repris connaissance. Elle avait même parlé au procureur du roi de Perpignan, alors en tournée à Ille, et ce magistrat avait reçu sa déposition.

— Avez-vous appris quelque chose de madame Alphonse ? demandai-je au procureur du roi, lorsque ma déposition fut écrite et signée.

— Cette malheureuse jeune personne est devenue folle, me dit-il en souriant tristement. Folle ! tout à fait folle. Voici ce qu'elle conte :

Elle était couchée, dit-elle, depuis quelques minutes, les rideaux tirés, lorsque la porte de sa chambre s'ouvrit, et quelqu'un entra. Elle ne fit pas un mouvement, persuadée que c'était son mari. Au bout d'un instant, le lit cria comme s'il était chargé d'un poids énorme. Elle eut grand-peur, mais n'osa pas tourner la tête. Puis elle fit un mouvement involontaire, ou bien la personne qui était dans le lit en fit un, et elle sentit le contact de quelque chose de froid comme la glace, ce sont ses expressions. Peu après, la porte s'ouvrit une seconde fois, et quelqu'un entra, qui dit : « Bonsoir, ma petite femme. » Bientôt après on tira les rideaux. Elle entendit un cri étouffé. La personne qui était dans le lit, à côté d'elle, se leva sur son séant et parut étendre les bras en avant. Elle tourna la tête alors... et vit, dit-elle, son mari à genoux auprès du lit, la tête à la hauteur de l'oreiller, entre les bras d'une espèce de géant verdâtre qui l'étreignait avec force. Elle dit, et m'a répété vingt fois, pauvre femme !... elle dit qu'elle a reconnu... devinez-vous ? La Vénus de bronze, la statue de M. de Peyrehorade... Depuis qu'elle est dans le pays, tout le monde en rêve.

Mais je reprends le récit de la malheureuse folle. À ce spectacle, elle perdit connaissance, et probablement depuis quelques instants elle avait perdu la raison. Revenue à elle, elle revit le fantôme, ou la statue, comme elle dit toujours, immobile, les jambes et le bas du corps dans le lit, le buste et les bras étendus en avant, et entre ses bras son mari, sans mouvement. Un coq chanta. Alors la statue sortit du lit, laissa tomber le cadavre et sortit. Madame Alphonse se pendit à la sonnette, et vous savez le reste.

Depuis mon départ je n'ai point appris que quelque jour nouveau soit venu éclairer cette mystérieuse catastrophe.

M. de Peyrehorade mourut quelques mois après son fils. Par son testament il m'a légué ses manuscrits, que je publierai peut-être un jour. Je n'y ai point trouvé le mémoire relatif aux inscriptions de la Vénus.

P.-S. Mon ami M. de P. vient de m'écrire de Perpignan que la statue n'existe plus. Après la mort de son mari, le premier soin de madame de Peyrehorade fut de la faire fondre en cloche, et sous cette nouvelle forme elle sert à l'église d'Ille. Mais, ajoute M. de P., il semble qu'un mauvais sort poursuive ceux qui possèdent ce bronze. Depuis que cette cloche sonne à Ille, les vignes ont gelé deux fois.

Prosper Mérimée

- Qu'est-ce qui rend cette histoire si troublante ?
- À quel genre littéraire la nouvelle *La Vénus d'Ille* se rattache-t-elle ? Explique ta réponse.

Louvain-la-Neuve : une ville nouvelle

Louvain-la-Neuve est la première ville créée en Belgique depuis 1666, année de la fondation de Charleroi. Dès 1963, l'Université catholique de Louvain cherche des terrains pour s'étendre et décide d'installer les cliniques Saint-Luc et la faculté de médecine à Woluwé-Saint-Lambert. En 1965, le choix se porte sur le plateau de Lauzelle, à Ottignies, et ce qui devait n'être qu'une extension deviendra un projet de déménagement complet en 1968 : les sections francophones de l'Université quitteront complètement Louvain.

Une fois le choix fixé sur une infrastructure urbaine (campus intégré à une ville, comme à Louvain ou Cambridge), qui évite le risque de campus-ghetto, l'élaboration du plan directeur est confiée au groupe Urbanisme et Architecture.

La première pierre est posée le 2 février 1971 et, le 20 octobre 1972, c'est la première rentrée universitaire. Le transfert des différentes facultés sera achevé en 1979.

Place des Sciences, André Jacqmain (1972).

Plus de 250 architectes ont déjà participé au développement de la ville, diversifiant ainsi les styles architecturaux. Cependant, pour éviter une trop grande disparité des constructions, on privilégie essentiellement la brique nue et, pour les toitures, l'ardoise. Le centre, situé sur une vaste dalle de béton sous laquelle se trouvent voirie et parkings, est entouré de quartiers résidentiels, dont l'un propose un habitat alternatif : roulottes, serres, etc. (quartier Baraque). Où que l'on se trouve, la nature n'est jamais loin : lac artificiel, itinéraire « vert » (allées piétonnes dans des sous-bois) et bois de Lauzelle.

▲ Collège Albert Descamps (faculté de théologie), Epstein et Thirion (1979).

Halles universitaires, Yves Lapère (1974). ►

Le sol appartient à l'Université, les voiries ont été rétrocédées à la commune, les parcelles d'habitations font l'objet de baux de 99 ans (emphytéose) tandis que le droit de superficie des surfaces situées sur la dalle (commerces, logements) a été concédé à des sociétés immobilières pour une durée de 50 ans.

Depuis 1993, Ottignies-Louvain-la-Neuve jouit d'un statut particulier : la « décentralisation ». Elle peut ainsi accorder elle-même des permis de bâtir et de lotir sans passer par l'avis du fonctionnaire délégué de la Région wallonne. Pour pouvoir bénéficier de ce statut particulier, une commune doit remplir les conditions suivantes : posséder un plan de secteur (toutes les communes en ont un), une commission consultative d'aménagement du territoire, un schéma de structure communale qui précise les orientations choisies par la commune en matière d'aménagement du territoire.

Louvain-la-Neuve compte actuellement 8 521 habitants. Durant l'année universitaire, de nombreux étudiants y vivent sans toutefois y être domiciliés. Mais la ville doit encore se développer dans les prochaines années : plusieurs grands chantiers sont en cours actuellement.

▲ Qu'est-ce qu'un intellectuel ?, fresque de Roger Somville (1987).

GRATTE-CIEL

Monstre énorme, géant,
Qui se dresse superbe au centre de la ville.
Squelette d'acier, chair de ciment.
Ses dents de granit froides et dures
Peuvent écraser le soleil d'or du couchant.
Ses mille yeux transparents et bien rangés
Sont-ils ceux d'Argus ressuscité ?
Quand vient la nuit,
Ces yeux qui scintillent la surveillent jalousement.
Ont-ils peur qu'elle n'abrite trop de complots et de secrets ?

Wou Wang-Jao
(*La poésie chinoise contemporaine*, © Seghers)

- Lequel des poèmes préfères-tu ? Pourquoi ?
- Pourrais-tu à ton tour écrire un poème sur le thème de la sculpture et de l'architecture ?

Les ponts sont d'impressionnantes constructions sur le plan de l'ingénierie, et ils sont souvent aussi des merveilles sur le plan architectural. Tu découvriras dans ce texte les grands types de ponts et plusieurs ponts célèbres du monde entier.

LES GRANDS PONTS

Anciens ou modernes, les ponts constituent des merveilles architecturales et des modèles d'ingéniosité et de savoir-faire. En effet, leur construction a toujours représenté un défi de taille pour les ingénieurs et les architectes, surtout depuis le milieu du XIXe siècle. À cette époque, l'important développement des villes a exigé qu'on établisse un réseau routier toujours plus élaboré. Il a donc fallu trouver des moyens de jeter des ponts de plus en plus longs au-dessus des cours d'eau.

LES PONTS FIXES

Les ponts fixes, dont aucune partie ne bouge, sont les plus courants. Il en existe trois grands types : les ponts à poutres, les ponts en arc et les ponts suspendus. Cependant, il arrive souvent que l'on combine les méthodes de construction de plusieurs types de ponts pour profiter des avantages de chacun.

◀ Pont en arc.

▼ Pont en arc comprenant plusieurs arches.

Pont suspendu.

LES PONTS À POUTRES

Les ponts à poutres, les plus anciens du monde, étaient sans doute faits à l'origine de simples troncs d'arbres déposés sur des pierres plates émergeant de petites rivières. On s'est d'ailleurs inspiré de cette méthode pour construire de nombreux ponts de chemins de fer. Avec le temps, les techniques sont devenues plus sophistiquées.

LES PONTS EN ARC

Le viaduc de l'Eau-Rouge, qui doit son nom à la rivière qui coule dans la vallée où il est situé, est un bel exemple de savoir-faire à grande échelle. Il est situé entre Francorchamps et Malmédy. Pour construire ce pont de 652,50 mètres à piles de béton et arc d'acier, 13 000 m^3 de béton et 7000 tonnes de structures métalliques ont été nécessaires. Lors des essais de l'ouvrage, le pont a supporté la charge de 1600 tonnes, le poids de la travée en arc. On évalue à environ 2000 tonnes l'effort maximum admissible, mais ce poids n'atteint pas la charge de rupture qui est plus élevée (coefficient de sécurité). De nombreuses études préliminaires ont été effectuées avant la construction, pour en déterminer la structure idéale.

Schéma du pont à poutres, le type de pont le plus courant, qui pourrait être constitué d'une simple planche de bois (la poutre) appuyée sur des pierres plates émergeant d'un ruisseau (les piles).

Les ponts en arc peuvent avoir une ou plusieurs arches. C'est aux Romains que l'on doit la construction des premiers ponts en arc, conçus à l'aide de techniques découvertes il y a 2000 ans. Par exemple, la mise au point d'un mortier naturel résistant à l'eau a permis d'ériger les premières fondations sous-marines.

Schéma du pont en arc.

Pont ancien comprenant plusieurs arches. Dans le passé, les ponts en arc étaient construits en pierre.

Pont en arc à arche métallique.

Mais c'est à l'époque de la Renaissance que l'art des ponts s'est raffiné et est devenu une véritable science. Des savants tels que Léonard de Vinci et Galilée ont alors commencé à élaborer des théories sur les structures, théories qui ont donné naissance aux plus élégants modèles de ce type de ponts, comme le pont de la Sainte-Trinité, à Florence, et celui du Rialto, à Venise.

▲ Le Rialto, œuvre de l'architecte Antonio da Ponte, constitue une petite merveille d'ingénierie. En effet, pour soutenir le pont bâti sur le sol instable de Venise, il a fallu enfouir 6000 piles de bois sous 3 mètres d'eau.

LES PONTS SUSPENDUS

Les ponts suspendus sont maintenus par deux câbles qui passent d'un pylône à l'autre en formant des courbes harmonieuses et dont les extrémités sont solidement ancrées de chaque côté de la rive. Grâce à la résistance des câbles d'acier modernes, on a pu construire des ponts d'une longueur impressionnante.

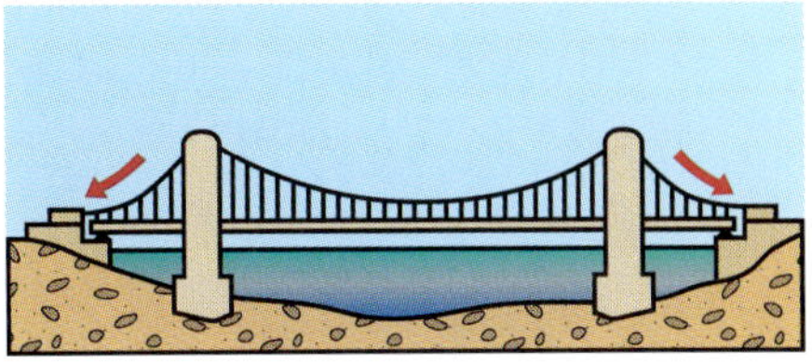

Schéma d'un pont suspendu.

Construit à San Francisco en 1938, le Golden Gate est considéré comme l'un des plus beaux ponts suspendus du monde. C'est que l'architecte s'est intéressé autant à son aspect esthétique qu'à l'aspect technique. Par exemple, plutôt que de peindre les câbles et les pylônes en noir charbon ou en gris métallique, il a choisi l'orange vermillon, une couleur qui, selon lui, s'agençait mieux avec l'environnement.

LES PONTS MOBILES

Les ponts mobiles, dont une partie de la travée se relève pour permettre le passage des navires, ont de tout temps attiré les regards. En effet, quiconque a l'occasion d'en voir un ne peut qu'être impressionné par cette masse imposante qui semble soudain prendre vie. Parmi les principaux ponts mobiles, on compte les ponts levants et les ponts basculants, comme le célèbre Tower Bridge de Londres.

Le Tower Bridge de Londres, un des plus célèbres ponts mobiles du monde.

QUELQUES PONTS BELGES

Pont des Ardennes (Namur).

Pont des Ardennes : détail.

Pont des Trous (Tournai).

Viaduc de Beez.

- À partir des informations du texte, peux-tu dire de quels types sont les ponts que tu connais ?
- Trouve de l'information sur un des ponts de ton milieu : nom de l'architecte, date de construction, longueur, etc.

THÈME 9

LA FRANCOPHONIE

Qu'ont en commun une chanteuse congolaise, un ingénieur belge, un fermier suisse et un médecin camerounais ? Ils font partie d'une grande famille internationale appelée la francophonie. Ce texte t'explique brièvement ce que recouvre le terme « francophonie ».

LA FRANCOPHONIE DANS TOUS SES ÉTATS

ÉTATS ET GOUVERNEMENTS AYANT LE FRANÇAIS EN PARTAGE

AMÉRIQUE

1. Canada
2. Canada — Nouveau-Brunswick
3. Canada — Québec
4. Dominique
5. Haïti
6. Sainte-Lucie

AFRIQUE

7. Bénin
8. Burkina-Faso
9. Burundi
10. Cameroun
11. Cap-Vert
12. Centrafrique
13. Comores
14. Congo (République du)
15. Congo (République démocratique du)
16. Côte-d'Ivoire
17. Djibouti
18. Égypte
19. Gabon
20. Guinée
21. Guinée-Bissau
22. Guinée équatoriale
23. Île Maurice
24. Liban
25. Madagascar
26. Mali
27. Maroc
28. Mauritanie
29. Niger
30. Rwanda
31. Saint-Thomas-et-Prince
32. Sénégal
33. Seychelles
34. Tchad
35. Togo
36. Tunisie

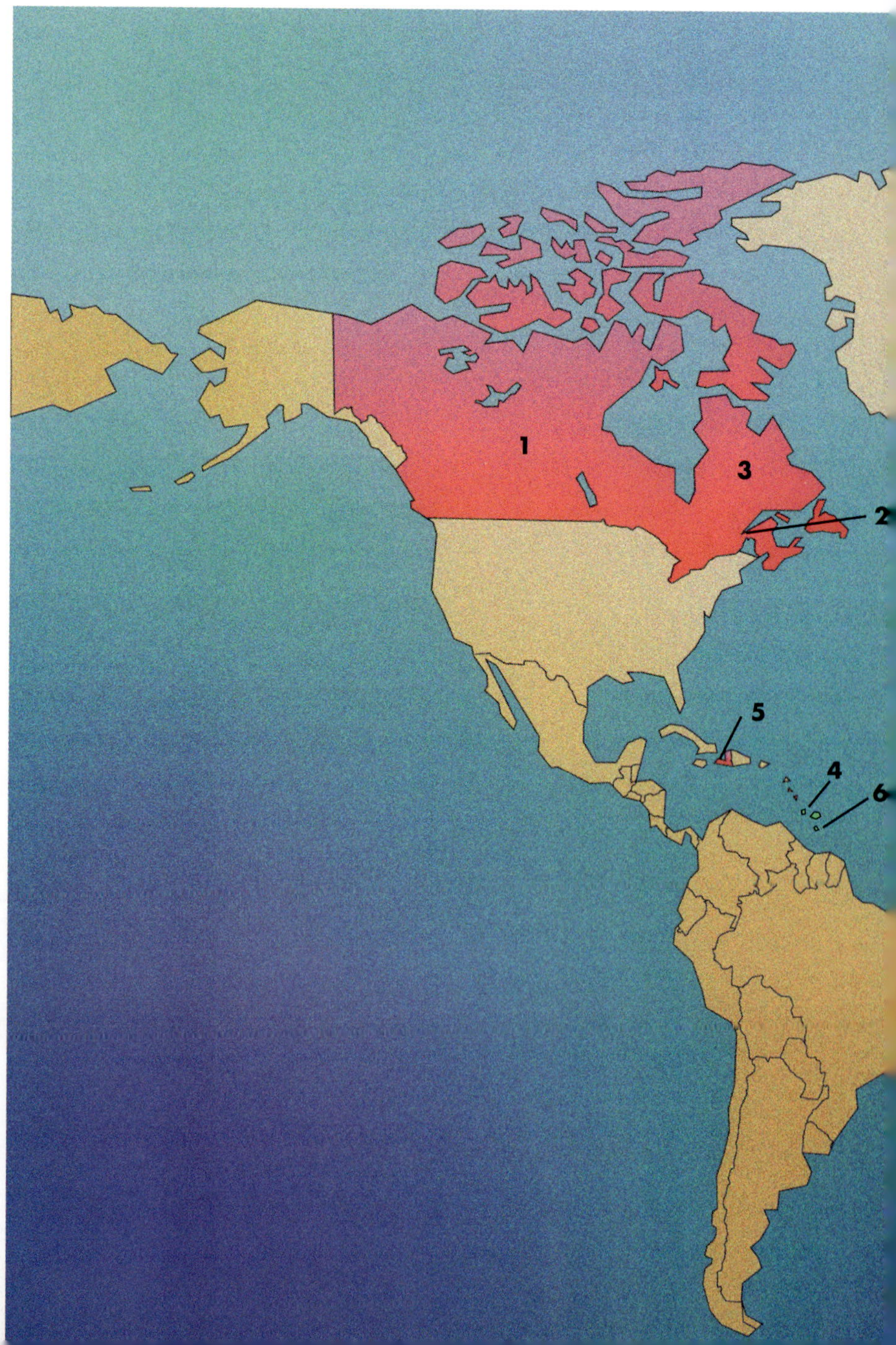

Le mot « francophonie » définit l'ensemble des personnes dont le français est la langue maternelle, ce qui représente 135 millions d'habitants répartis sur les 5 continents. Toutefois, dans un sens plus large, ce terme désigne l'ensemble des pays où on fait usage à plus ou moins grande échelle de la langue française, ce qui correspond à une cinquantaine de pays ou gouvernements regroupant 500 millions de personnes.

EUROPE

37. Albanie
38. Belgique (Royaume de)
39. Belgique (Communauté française de)
40. Bulgarie
41. France
42. Luxembourg
43. Macédoine
44. Moldavie
45. Monaco
46. Pologne
47. Roumanie
48. Suisse

ASIE

49. Cambodge
50. Laos
51. Vanuatu
52. Viêt-Nam

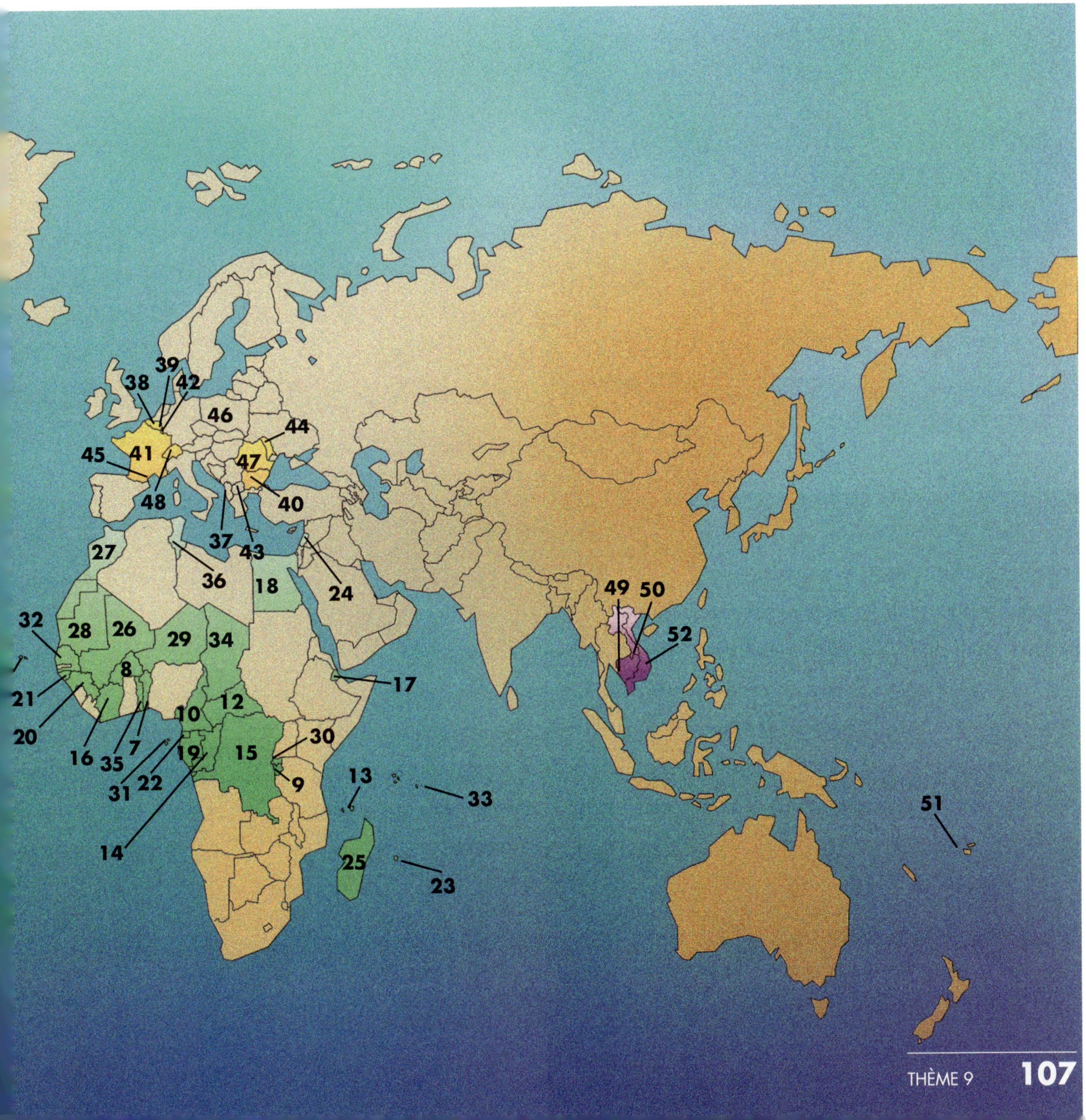

LE FRANÇAIS : UNE LANGUE INTERNATIONALE

Parmi les 3000 langues en usage dans le monde, le français se classe au 10e rang, ce qui est déjà impressionnant. Mais son prestige vient aussi de son statut de langue internationale. Considéré comme la langue de la culture, il est enseigné dans presque tous les pays et est reconnu comme langue officielle dans plusieurs organisations internationales, dont l'ONU.

On peut dire que le français est :

- la langue maternelle de la majeure partie de la population en France, au Québec et à Monaco;
- la langue maternelle d'une importante partie de la population en Belgique, en Suisse et au Canada;
- la langue officielle de plusieurs États africains;
- une langue d'usage courant en Afrique et aux Antilles;
- la principale langue seconde enseignée dans les pays sud-américains;
- une langue importante de communication internationale dans des pays non francophones, entre autres en Égypte, en Roumanie et au Cambodge.

Aujourd'hui, pour des raisons historiques, notre langue figure donc parmi les principales langues internationales avec l'anglais et l'espagnol.

HUMANO MANIE

Quelques points de repère historique

Le français actuel a de lointaines origines. Il est apparu au IXe siècle dans le nord de la France et est issu d'une fusion du latin et du celte germanique. La langue romane, cet ancêtre de la langue française, s'est ensuite propagée en Angleterre, lors de sa conquête par les Normands au XIe siècle, puis dans le sud de la France aux XIIIe et XIVe siècles.

En Amérique, au XVIe siècle, à la suite de la prise de possession du Canada par Jacques Cartier, au nom de François 1er, naît la Nouvelle-France. Au XVIIe siècle, au moment où s'effectue la colonisation des Antilles (Haïti, la Martinique et la Guadeloupe), la Nouvelle-France s'étend à l'ouest jusqu'aux Rocheuses et le long du Mississippi jusqu'en Louisiane. Elle compte environ 60 000 colons français. Puis, à la signature du traité de Paris (1763), la Nouvelle-France est cédée à l'Angleterre. Cela marque la fin de l'Empire français en Amérique. Ce qui n'a pas empêché la langue française de rester bien vivante au Québec et dans certaines régions du Nouveau-Brunswick et de l'Ontario.

Pendant ce temps, de l'autre côté de l'Atlantique, la Corse devient française, et on parle français dans la plupart des grandes cours d'Europe (Prusse, Suède, Russie, etc.). En Inde, des établissements français s'implantent. Au XIXe siècle, les Français colonisent l'Algérie, l'Indochine, le Sénégal, la Tunisie et Madagascar. En 1880, le géographe Onésime Reclus crée le terme « francophonie » pour désigner l'ensemble des régions où le français est employé comme langue maternelle, langue de communication ou langue diplomatique.

Au XXe siècle, l'Indochine, le Maroc, la Tunisie, l'Algérie ainsi que 16 pays de l'Afrique noire regagnent leur indépendance, mais le français continue d'y être une importante langue d'usage.

UN ESPRIT DE FAMILLE

Les peuples de la francophonie cherchent de plus en plus à établir entre eux des liens d'entraide et à favoriser des échanges culturels, politiques et économiques. En consultant la carte des pages 106 et 107, on s'aperçoit que la majorité des membres officiels de la francophonie vivent dans des pays en voie de développement, plus de la moitié sur le continent africain. La grande famille francophone est donc un cadre idéal pour développer un dialogue entre personnes de croyances et de modes de vie très différents, de même que pour établir des ponts entre les pays riches et les pays pauvres de la planète. Les États de la francophonie cherchent ensemble une façon « francophone » de répondre aux grands problèmes du monde moderne.

Un spectacle de danse donné en Afrique dans le cadre des Journées de la francophonie.

DES INSTITUTIONS VIVANTES

L'immense réseau d'échanges que constitue la francophonie nécessite une excellente organisation. Déjà, en 1883, on créait le réseau de l'Alliance française pour promouvoir la culture et la langue françaises à l'échelle internationale. Mais ce n'est que dans les années 1960 qu'est apparue la francophonie officielle, structurée et reconnue mondialement. Dès lors, plusieurs associations ont été mises sur pied pour favoriser, à l'échelle mondiale et dans divers domaines, un rapprochement entre francophones : depuis 1960, la Conférence des ministres de l'Éducation des États d'expression française s'occupe de trouver du financement pour promouvoir la scolarisation dans les pays pauvres, pour produire du matériel scolaire et surtout pour réformer les programmes éducatifs.

La Foire du livre de Dakar, une des nombreuses manifestations culturelles subventionnées par l'Agence de la francophonie.

L'Association francophone internationale des directeurs d'établissements scolaires (AFIDES), créée en 1983, s'est donné pour mission de développer des liens d'amitié entre les institutions scolaires de 45 pays francophones. Entre autres activités, elle publie une revue, diffuse des chansons et organise des échanges d'élèves.

En 1988, les chefs d'État de la francophonie se sont entendus pour célébrer chaque année la Journée internationale de la francophonie (le 20 mars). La fête est soulignée par d'importantes manifestations artistiques et culturelles.

▲ Une école africaine qui a développé des liens d'amitié avec une école québécoise.

▲ La Semaine culturelle de la francophonie donne lieu à de nombreuses rencontres sportives amicales.

Depuis 1989, les populaires Jeux de la francophonie, organisés tous les quatre ans, permettent aux jeunes athlètes et artistes de la francophonie de se rencontrer et de se mesurer amicalement tout en développant des liens de fraternité et de solidarité.

◄▲ Les troisièmes Jeux de la francophonie, tenus à Madagascar en 1997.

◄ Le Festival de théâtre du Bénin. La culture africaine, qui explore tous les domaines artistiques, s'exprime de façon particulièrement réussie dans le théâtre.

Depuis 1970, l'Agence de la francophonie est chargée de favoriser la coopération entre les États de la francophonie dans les domaines de la culture, de la formation et de la coopération scientifique et technique. L'Agence subventionne notamment des manifestations culturelles comme le Festival de théâtre du Bénin, le Festival de jazz d'Ouagadougou, le Festival de musique couleur café de Bruxelles, le Festival d'été de Québec et les Francofolies de Montréal.

- Pourquoi peut-on considérer le français comme une des langues les plus importantes du monde ?
- Sur quel pays de la francophonie aimerais-tu faire une recherche ?

HUMANO MANIE

Une télé qui rallie

L'une des meilleures façons de resserrer les liens entre les membres de l'immense communauté qu'est la francophonie, c'est bien sûr l'utilisation des médias. Afin de diffuser des émissions par-delà les frontières, on a institué en 1983 une chaîne de télévision francophone mondiale, TV5. En Europe, 33 millions de foyers y ont accès, en Afrique, 1 million, en Amérique latine et dans les Caraïbes, 2,5 millions, et au Canada, 6,1 millions. Depuis 1996, TV5 dessert également toute l'Asie.

Fabienne Vande Meerssche, animatrice belge d'une des émissions diffusées sur TV5.

Forme une équipe avec des camarades. Ensemble, choisissez un pays de la francophonie qui vous intéresse plus particulièrement. Recueillez suffisamment d'informations sur ce pays pour rédiger 25 questions traitant de divers aspects de ce pays : géographie, histoire, population, culture, régime politique, etc. N'oubliez pas de noter toutes les réponses aux questions.

Relisez attentivement vos questions et remplacez les verbes passe-partout, comme avoir, être, dire, faire, mettre, etc., par des verbes plus précis. Assurez-vous que vous avez mis des traits d'union entre le verbe et le pronom dans les phrases interrogatives et dans des expressions comme « Combien y a-t-il... ? Est-ce que... ? ».

Dans ce texte, Véronique, une jeune de chez nous qui a voyagé pendant six mois dans divers pays de la francophonie, nous raconte son expérience.

VUES D'AFRIQUE

MERVEILLEUSES RENCONTRES

Il y a autant de raisons de partir à l'étranger qu'il y a de voyageurs. Certains sont davantage attirés par un climat tropical et une plage aux eaux tièdes et translucides, alors que d'autres le sont par l'histoire, l'architecture, les monuments et les musées. Moi, quand je suis partie, c'était pour rencontrer des gens, des gens d'ailleurs. Je voulais les connaître, découvrir leur culture, entendre leur langue et goûter leur nourriture.

Mon périple en Afrique a duré six mois et il a débuté au Maroc. Tout était si nouveau pour moi : les paysages, les couleurs, les odeurs, les saveurs, et cette façon qu'avaient les gens de me dévisager comme si j'étais une bête curieuse. Probablement en réponse à mes regards trop insistants, car je voulais tout voir, ne rien manquer.

J'ai croisé de nombreuses personnes sur ma route et de certaines d'entre elles je garde un souvenir indélébile...

Sindibeth, l'enfant bohème

Il y a d'abord eu Sindibeth, bel enfant perdu que j'ai trouvé à Sidi-Ifni, ville côtière du sud du Maroc. Je présume qu'il doit avoir à peu près ton âge. Aussi étonnant que cela puisse paraître, il est très difficile de connaître l'âge véritable d'une personne en Afrique, car les naissances ne sont pas enregistrées comme chez nous. Sindibeth parle assez bien le français même s'il n'est jamais allé à l'école, car c'est un enfant bohème. Il n'a ni parents ni maison, il vit dans la rue. C'est un petit bout d'homme plein de charme et plein de courage, car il affronte déjà seul le grand monde. Je sais que ça ne doit pas être facile tous les jours. J'ai deviné, à sa façon de poser sa tête sur mes cuisses pour se faire caresser les cheveux, qu'il lui manque l'amour et la sécurité d'une mère, d'un père ou d'un ami plus vieux que lui. Allez Sindibeth, continue à foncer dans la vie ! Que le chaud soleil marocain éclaire tes jours et que la nuit protège tes rêves...

Jean-François et Alexandre, mes deux coaventuriers, en compagnie de Sindibeth (accroupi).

Layashi, un cœur grand comme l'océan

C'est en faisant une balade au bord de la mer avec Sindibeth et mes amis que j'ai fait la rencontre d'un pêcheur du nom de Layashi. Il venait de terminer une grosse journée de travail qu'il avait commencée à l'aube, comme tous ses camarades. Simplement, il nous a offert le thé. Comme c'est le cas dans bon nombre de pays africains, prendre le thé fait partie des traditions au Maroc. Et c'est aussi un art. Le rituel du thé dure plus d'une heure, et ceux qui en ont le temps le répètent plusieurs fois par jour. Layashi nous a ensuite invités pour le repas du soir. Au menu : les poissons que lui et ses amis avaient pêchés pendant la journée. Un repas simple, mais préparé avec soin, que nous avons dégusté avec nos mains en puisant tous dans le même plat, comme le veut la coutume. Nous avons beaucoup discuté avec eux de la religion musulmane, qu'ils pratiquent, et de l'arabe, leur langue, qui est très différent du français et que j'ai trouvé un peu compliqué. Je garde, en souvenir d'eux, un joli bracelet qu'Abdelkrim m'a offert, le nom de Fatima que m'a attribué Saïd et les yeux riants de Layashi, illuminant son visage tanné par le soleil. Au revoir, Layashi, toi qui as le cœur aussi grand que l'océan que tu sillonnes.

La petite inconnue au merveilleux sourire

Nous n'avons pas séjourné longtemps en Mauritanie, pays de désert que nous avons traversé en caravane. J'y ai donc fait très peu de rencontres importantes. Je ne suis toutefois pas près d'oublier le sourire que j'ai reçu en cadeau d'une petite fille dont je ne connais même pas le prénom. Ce jour-là, nous attendions dans un café de Nouakchott un Allemand qui devait nous amener au Sénégal. La chaleur était torride, l'air sans un souffle de vent, et cet Allemand qui n'arrivait pas. Près du café, une petite fille était là, attirée sans doute par la présence de tant d'étrangers. Comme sa robe était affreusement déchirée, j'ai profité de ces longues heures d'attente pour la lui recoudre. Elle m'a ensuite remerciée d'un large sourire, car elle ne parlait pas français. Petite fille, ces gestes simples nous ont rapprochées toutes les deux. Toi et moi avons su établir un contact humain au-delà du langage.

Marie-Nicole, ma mère sénégalaise

Dans le sud du Sénégal, plus précisément dans la région de la Casamance, j'ai eu la chance inouïe de vivre dans un magnifique village de brousse pendant plusieurs semaines. Je logeais alors chez Marie-Nicole. Eh oui ! Elle a un nom francophone, comme presque tous les autres habitants de son village qui, parce qu'ils sont chrétiens, ont reçu un nom francophone à leur baptême. Mais comme ce sont des Diolas, ils ont également un nom typique de leur ethnie.

En Afrique, les femmes jouent un rôle très important. Elles s'occupent de tout ce qui concerne la maison et la vie familiale, une tâche énorme quand on ne vit pas dans une société industrialisée. Elles doivent aller chercher le bois pour faire cuire la nourriture, préparer les repas, puiser l'eau, entretenir la maison, s'occuper des enfants et veiller à leurs bons soins. Marie-Nicole est une de ces Africaines courageuses, la générosité personnifiée. C'est comme si elle n'existait que pour les autres. Elle ne connaît d'ailleurs pas tout son mérite et toute sa valeur. Toujours la première levée, souvent la dernière couchée, elle mène sa vie sans jamais se plaindre. Marie-Nicole, ma mère sénégalaise, tu m'as appris une des leçons humaines les plus précieuses : le don de soi. Je ne t'oublierai jamais.

Marie-Nicole passe le balai dans la cour, tâche qu'elle accomplit deux fois par jour.

Marie-Nicole et une voisine. On la voit entourée de ses instruments de cuisine.

Sinabouangne.

Sinabouangne, grand farceur devant l'Éternel

Sinabouangne habite le même village que Marie-Nicole. Son nom, le seul qu'il ait, est d'origine diola. Comme d'autres personnes âgées de son village, Sinabouangne n'a pas été baptisé. Ce vieil homme aux allures un peu théâtrales n'a jamais connu autre chose que sa brousse paisible. Quand il me demande d'où je viens, il pointe une direction au hasard en me demandant : « C'est par là ton pays ? » Il ne se doute pas que la Belgique puisse être aussi loin, car il me demande de m'y rendre pour lui rapporter le soir même un manteau de fourrure ! Comme si c'était la porte à côté ! Malgré le passage du temps, son corps musclé semble encore plein de vigueur. Les jours de fête, il danse comme tout le monde et grimpe encore aux palmiers afin d'y récupérer le vin naturel qui s'écoule d'une entaille pratiquée au sommet. Cher Sinabouangne ! Tes attitudes grandiloquentes et la façon que tu avais de m'appeler « Vélo », n'arrivant pas à prononcer les « r », me reviennent souvent à l'esprit et me font encore sourire.

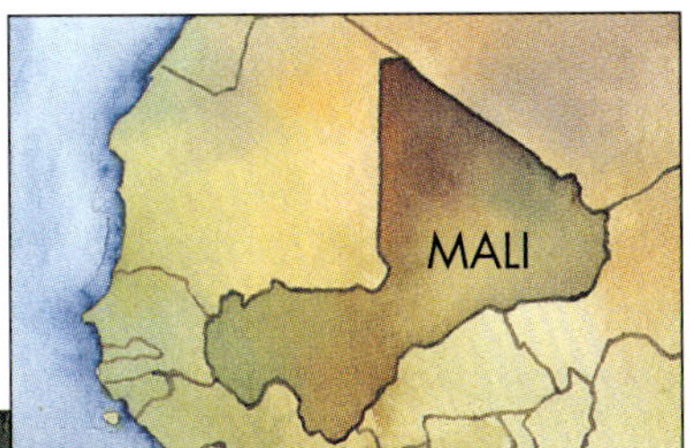

Arrière, brigands !

Mon premier bonjour du Mali : une grande main posée sur mon cou et un couteau pointé sur mes côtes. Eh oui ! Le soir de notre arrivée, nous avons été agressés par des voleurs, mais, fort heureusement, il y a eu plus de peur que de mal. Comme plusieurs autres avant eux, nos assaillants étaient probablement venus dans la capitale avec l'espoir d'y faire fortune. Un rêve qui, pour la plupart, ne tarde pas à tourner au cauchemar. Pour tenter de s'en sortir, tous les moyens sont bons, y compris celui d'attaquer les touristes. Ma mésaventure avec ces maraudeurs est mon plus mauvais souvenir de voyage. Je n'ai pu, par la suite, apprécier pleinement mon séjour au Mali, car j'avais toujours cette peur au ventre qui m'empêchait d'aller en toute quiétude vers les autres. Adieu, voleurs ! J'espère ne plus jamais vous revoir.

Fatmata pile le mil.

Fatmata, la joie de vivre

Petite Fatmata, mon homonyme ! Pendant les quelques semaines que j'ai passées au Mali, j'ai porté le même nom que toi. Tu n'as même pas 10 ans et déjà tu répètes les gestes de ta mère, de ta grand-mère et de toutes les femmes des générations qui t'ont précédée. Tu broies le mil avec un pilon plus grand que toi, et ta joie de vivre te fait taper des mains entre chaque coup dans le mortier.

Fatmata au puits du village.

Tu te rends aussi au puits chaque jour et en rapportes des seaux que je ne t'aurais jamais crue capable de transporter. Et ton sourire, toujours prêt à illuminer ton visage, nous raconte ce que tu ne peux dire avec des mots. Petite fille, il m'a fait plaisir d'être à tes côtés pendant cette semaine passée dans ton village. Au revoir, Fatmata...

Abdoulaye, une âme et des mains d'artiste

Dans ce même village dogon, j'ai aussi fait la connaissance d'Abdoulaye, un garçon de 14 ans qui fréquente l'école du coin et qui, par conséquent, s'exprime assez bien en français. Abdoulaye est chanceux, car son père, qui est probablement la personne la plus éduquée de la population villageoise, fait office de médecin. Il a reçu une formation à cette fin, et c'est un organisme humanitaire qui envoie l'équipement et les médicaments nécessaires pour la pratique de son travail. Seydou, le père d'Abdoulaye, est également le sculpteur du village. Comme j'ai pu le constater, mon jeune ami suit les traces de son père et ses sculptures sont impressionnantes. Cher Abdoulaye, j'ai beaucoup apprécié ta présence calme et sereine, et ton attitude désintéressée. Tu ne m'as jamais rien demandé. Toi, tu es plutôt de ceux qui donnent. Je conserve précieusement cette sculpture que tu m'as offerte, œuvre née de tes mains. Merci de m'avoir ainsi fait cadeau d'une partie de toi !

Abdoulaye et moi. Derrière nous, la majestueuse falaise du pays dogon.

Quand je suis partie, c'était pour rencontrer des gens, des gens d'ailleurs. Je voulais les connaître, découvrir leur culture, entendre leur langue et goûter leur nourriture. J'ai été comblée. Je suis maintenant plus riche de tous vos sourires et de vos amitiés. Je ne vous oublierai jamais...

- Peux-tu faire ressortir les sentiments ressentis par Véronique lors de son séjour en Afrique ?
- Si tu partais toi-même faire un long voyage, quels pays de la francophonie choisirais-tu de visiter ? Pourquoi ?

La poésie s'exprime avec une grande richesse dans tous les pays de la francophonie. Ce dossier te permettra de connaître des poètes francophones de différents coins du monde.

LA CHANSON DE LA VIE

Le temps passe
Le soleil
Brûle le sol
Et apporte l'angoisse
Mais un jour
La saison des pluies
Arrive
Et les arbres bourgeonnent
Et les manguiers
Les citronniers
Les goyaviers
Offrent leurs parfums
Les hibiscus
Exhibent leur beauté
Les flamboyants
Dansent dans le vent
Et toute la savane
Chante
Et les hommes
Dansent
Et le Masque
Danse
Et le tam-tam
Bat la cadence
De la vie
Qui gagne toujours
La vie
Qui revient
Encore et encore
Car les hommes
Meurent
Et naissent
Meurent
Naissent
Et renaissent
Jusqu'à la fin
Des temps.

Véronique TADJO
Côte d'Ivoire

(*Latérite*, © Hatier)

AU FILS DU NOMADE

Chausse tes sandales
et foule le sable
qu'aucun esclave n'a piétiné
Éveille ton âme
et goûte les sources
qu'aucun papillon n'a frôlées
Déploie tes pensées
vers les voies lactées
dont aucun fou n'a osé rêver
Respire le parfum des fleurs
qu'aucune abeille n'a courtisées
Écarte-toi des écoles et des dogmes
Les mystères du silence
que le vent démêle dans tes oreilles
te suffisent
Éloigne-toi des marchés et des hommes
et imagine la foire des étoiles
où Orion tend son épée
où sourient les Pléiades
autour des flammes de la Lune
où pas un Phénicien n'a laissé ses traces
Plante ta tente dans les horizons
où aucune autruche n'a songé à cacher ses œufs
Si tu veux te réveiller libre
comme un faucon qui plane dans les cieux
l'existence et le néant suspendus
à ses ailes
la vie la mort

HAWAD
Traduit du touareg.

UNE DÉFINITION DE LA POÉSIE

La poésie, c'est notre père qui arrive un soir
Sous une pluie torrentielle, et qui nous chante
Une complainte qu'il a composée pour une petite
Cuillère en argent.
Notre père voulait arrêter la pluie de
septembre avec une petite cuillère, et la
pluie a retourné son esprit comme un vieux
pantalon.
La poésie, c'est :
Un père haïtien qui perd la raison
Pour une petite cuillère mise en chanson
Sous une pluie qui pousse avec rage
Tout près de notre enfance !

René DEPESTRE
Haïti

SANS TITRE

Étranger,
prends le temps d'aimer l'arbre
accoude-toi à la terre
un cavalier t'apportera de l'eau, du pain et des olives amères
c'est le goût de la terre et les semences de la mémoire
c'est l'écorce du pays
et la fin de la légende
ces hommes qui passent n'ont pas de terre
et ces femmes usées
attendent leur part d'eau.
Étranger,
laisse la main dans la terre pourpre
ici
il n'est de solitude que dans la pierre.

Tahar Ben Jelloun
(*À l'insu du souvenir*, © Éditions de La Découverte)

LE CAMEROUN À TRAVERS LES ÂGES

Je chanterai Cameroun ta beauté
Et tes climats mais aussi tes paysages.
Tout ton charme c'est la diversité
De ces reliefs qu'on lit sur ton visage.
De l'équateur sous un ciel ouaté
Fier tu t'en vas sous les vents, les orages,
Jusques au nord épris de pureté,
Car le désert est beau comme une plage.
On ne verra, de toute éternité,
Pays plus beau à travers les âges.

Eno Belinga
(*Ballades et chansons camerounaises*, © Éditions CLE)

IL FAIT DOUX

Il fait intime et doux.
Personne sur la plage.
Le ciel semble à genoux
Au bord du paysage.

La mer est là, immense.
Mais ici, près de nous,
On la prendrait vraiment
Pour une enfant qui joue.

Des goélands repassent,
Lents, si lents qu'ils ressemblent
À de blancs cerfs-volants.

La dune ouvre son livre
Tout doré que les heures
Se plaisent à relire.

La nuit tarde à venir.

Maurice CARÊME

- Relève dans ces poèmes quelques mots, expressions ou images qui évoquent des réalités très différentes d'un pays à l'autre.
- Fais une recherche pour trouver d'autres grands poètes de la francophonie.

Nicole Malinconi, romancière belge d'origine italienne, évoque pour nous les sources d'inspiration de ses romans.

NICOLE MALINCONI,
PORTRAIT D'UNE ROMANCIÈRE BELGE

Née en Belgique d'un père Italien, Nicole Malinconi a passé les premières années de sa vie dans notre pays. En 1952, alors qu'elle a 6 ans, sa famille s'installe en Toscane, où son père désire lancer une fabrique de chaussures. Nicole parle donc italien à l'école durant ses primaires. Mais les affaires sont difficiles et les Malinconi reviennent en Belgique en 1958. La jeune fille entame alors son cycle secondaire en français. Après des études d'assistante sociale, elle commence à exercer sa profession en Ardenne puis à Namur. Actuellement, elle travaille dans le secteur culturel.

Elle publie son premier texte à l'âge de 39 ans, *Hôpital silence,* après un travail de 5 ans au sein d'un hôpital où elle avait pour mission d'écouter les difficultés multiples que rencontrent les femmes hospitalisées. L'assistante sociale a en effet été très touchée par la manière dont ces femmes parlaient de leur souffrance, physique et morale, souvent à demi-mot. Ce livre, très fort par sa thématique et son ton, est publié chez un éditeur français, les Éditions de Minuit, et remarqué par Marguerite Duras qui en rédige la préface. *L'Attente* sera lui aussi inspiré de son travail social.

Quels sont les thèmes qui reviennent au fil de son œuvre ? Ses premiers textes sont fort marqués par les rencontres qu'elle a faites dans le cadre de son métier : dur quotidien des femmes rencontrées à l'hôpital, solitude. Pour *Nous deux*, qui a obtenu le prix Rossel 1993, elle s'est tournée vers les rapports mère-fille, si riches et souvent si difficiles.

L'un de ses derniers textes publiés, *Da Solo*, évoque un vieil homme qui se sent proche de la mort. Ce vieil Italien repense à la vie qu'il a menée, lui qui a quitté son pays pour découvrir d'autres régions et d'autres langues. L'auteur a calqué son style sur le langage de son personnage qui parle un français marqué de tournures italiennes. Nicole Malinconi s'intéresse d'ailleurs beaucoup aux similitudes des langues française et italienne, aux maladresses de langage des gens simples. Les tournures particulières employées alors donnent souvent une connotation très forte aux propos tenus par les personnages.

Belge ou Italienne ? Nicole Malinconi, sans revendiquer une quelconque étiquette, se dit volontiers « écrivain de langue française ». Ce qui nous relie, francophones, est cette belle langue si riche dont nous avons hérité.

Son dernier recueil, *Rien ou presque* (qui a obtenu plusieurs prix) présente, lui, des textes brefs, proches de la nouvelle. Mais d'autres récits, d'autres aventures sont à venir !

- Quelle est la position de Nicole Malinconi par rapport à ses origines étrangères ?
- Connais-tu des personnes de ton milieu qui ont un parcours semblable à celui de Nicole Malinconi ?

À PLEIN VOLUME

Léopold Sédar Senghor

L'homme d'État et poète Léopold Sédar Senghor est né au Sénégal en 1906. Après des études à Dakar et à Paris, il enseigne au lycée de Tours lorsque la Seconde Guerre mondiale éclate. Mobilisé, il participe activement à la Résistance française. Après la guerre, il mène une carrière politique fructueuse en France d'abord, puis au Sénégal où il devient le premier président de la République du Sénégal en 1960. Parallèlement à sa vie politique, Senghor se fait connaître pour sa poésie à laquelle il se consacre entièrement depuis 1980. Puisant dans la sagesse ancestrale du peuple sénégalais autant que dans les grands classiques de la littérature française, Senghor utilise des mots simples pour créer un rythme et des images d'une étonnante subtilité. Son œuvre, qui exprime avec lyrisme son amour pour sa terre natale, ses paysans et ses traditions, nous ouvre à toute la beauté de l'Afrique.

QUOI

Votre ville a-t-elle trouvé sa jumelle ?

En 1952, en France, des universitaires et des politiciens fondaient le Monde bilingue, une association dont l'objectif était de promouvoir une meilleure communication entre les peuples. En 1957, cette association fut rebaptisée la Fédération mondiale des villes jumelées.

La FMVJ est une organisation qui encourage le jumelage de villes dans le monde. Les villes qui adhèrent à l'opération s'entendent pour faire des échanges axés principalement sur les plans touristique, éducatif, industriel, culturel et sportif : voyages organisés, échanges de professeurs, implantation d'industries diverses, expositions artistiques, projections cinématographiques, rencontres sportives, etc. Lorsque le jumelage s'effectue entre une ville d'un pays riche et une autre d'un pays pauvre, il s'apparente à une sorte d'accord de coopération; la ville riche accepte alors, entre autres, de former des professeurs et des étudiants, de fournir une aide au développement (santé, agriculture), d'envoyer sur place des spécialistes et de faciliter les transferts de technologie.

Une demande de jumelage peut aussi bien être soumise par de simples citoyens que par des élus communaux. Lors de la mise sur pied du projet, les personnes responsables des deux villes se rendent visite afin de mieux connaître leurs milieux respectifs et afin de discuter des premiers échanges qu'elles prévoient faire. L'accord est ensuite officialisé au cours d'une cérémonie publique réunissant élus communaux, députés, citoyens et journalistes.

Aujourd'hui, la FMVJ compte plus de 3000 membres, principalement en Europe et en Afrique, et leur nombre ne cesse d'augmenter. Plusieurs raisons peuvent inciter une ville à chercher une jumelle. Parmi les plus fréquemment citées, on retrouve : le désir de développer des liens d'amitié entre des populations qui ont des affinités culturelles ou des racines communes et la volonté de multiplier et de diversifier les échanges commerciaux.

Quelques villes jumelles : Ottignies-Louvain-la-Neuve avec Jassans-Riottier (France) et Vezprem (Hongrie), Etterbeek avec Beauport (Canada), Charleroi avec Himeji (Japon), Dinant avec Sainte-Foy (Canada), Nivelles avec Saintes (France), Liège avec Turin (Italie).

Jumelage d'Ottignies-LLN avec Jassans-Riottier (France).

Que dirais-tu d'entreprendre une correspondance suivie avec un ou une élève d'un autre pays de la francophonie ? Demande à ton enseignante ou à ton enseignant de te fournir des contacts ou trouve-les toi-même en naviguant sur le réseau Internet.

Prête encore une fois une attention toute particulière à la formulation des questions.

Sous forme de saynète, présente une situation qui mette en présence deux citoyens d'États francophones très différents. Fais ressortir de façon comique les malentendus qui découlent de leurs différences culturelles : mode de vie, nourriture, marques de politesse, expressions particulières, etc.

Si le français est une langue si vivante, c'est qu'il s'enrichit de l'apport d'expressions et de mots de tous les coins de la francophonie. Ce texte te permettra de découvrir certains de ces « francophonismes ».

BOUILLON DE CULTURE

Dans un ouvrage intitulé *Les Mots de la francophonie*, l'auteur Loïc Depecker a relevé ce qu'il propose d'appeler des « francophonismes », c'est-à-dire des expressions ou des mots forgés par les francophones des quatre coins du monde. On y fait d'étonnantes découvertes.

Ainsi, peut-être connais-tu des hommes qui se choquent facilement, qui sont vantards, rusés, indiscrets ou qui font sans cesse les clowns ? Eh bien, ces hommes aux si vilains traits de caractère se feraient vite traiter de « chocatifs » en Louisiane, de « cireurs » au Cameroun, de « bacoulous » en Haïti, de « mêle-tout » en Belgique et de « golos » au Sénégal.

Les « méchantes langues » ou « langues de vipère », toujours prêtes à lancer des rumeurs ou à cancaner sur le compte d'autrui, deviennent des « bilaneurs » au Burkina-Faso ou des « racusettes » en Belgique. Ce sont des personnes qui aiment un peu trop parler, qui « ont la bouche sucrée », comme on dit au Bénin, ou qui prennent plaisir à « laver les chemises de quelqu'un », en d'autres mots à dire du mal d'autrui, selon les habitants du Val-d'Aoste. Nos amis haïtiens préfèrent, quant à eux, ceux qui se contentent « d'envoyer de l'eau sans mouiller personne », de dire des vérités sans faire allusion à qui que ce soit. En effet, dénigrer les gens, ou « décauser », à la manière belge, ne donne jamais rien de bon ! Et les Suisses reconnaissent que lancer aux autres des « fions », des paroles blessantes, est une bien mauvaise habitude.

Les francophones du monde entier devraient donc s'entendre pour éviter de dire des bêtises (« de bêtiser », Haïti), de raconter des histoires à dormir debout (des « histoires queue de chat », Cameroun), d'être hors sujet (de « battre le beurre », Belgique) et de rabâcher toujours les mêmes choses, « d'éplucher les vieux légumes », comme on dit au Canada, pour amorcer de fructueuses discussions. Ils arriveront ainsi à mieux se comprendre globalement (à se « comprendre à grosses tranches », Val-d'Aoste), même s'ils commettent à l'occasion de petites fautes langagières (s'il leur arrive de « lancer un chameau », comme disent les Zaïrois).

LES MOTS POUR LE DIRE

Les francophones de chaque pays, selon leur génie propre, forgent spontanément de nouveaux mots pour répondre à leur besoin de communiquer, et souvent de façon toute simple. Essaie de deviner le sens des « francophonismes » suivants : « cadeauter » (Sénégal), « cadonner » (Tchad), « arriérer » (Sénégal), « siester » (Burkina-Faso), « adodoler » (Suisse), « camembérer » (Sénégal), « bout-à-bouter » (Canada), « bisser » (Burkina-Faso).

Un peu difficile ? Voici le sens de certains de ces mots : « bercer pour endormir », « faire une action pour la deuxième fois », « sentir mauvais », « offrir ». Pour ce qui est des autres, tu devrais pouvoir en deviner le sens assez facilement.

- Quelles expressions ou quels mots as-tu trouvés les plus amusants ?
- Fais une recherche pour connaître les francophonismes de notre pays (on les appelle « belgicismes »).

HUMANO MANIE

Chasse aux anglicismes

Le Commissariat général de la langue française, un important organisme qui œuvre pour la francophonie, a pris l'excellente initiative de s'adresser à des élèves de ton âge pour remplacer des anglicismes courants. Les résultats ont révélé une étonnante maîtrise des mécanismes de création de la langue chez les jeunes. Par exemple, pour remplacer *fast food*, une élève a suggéré « restopouce », tandis qu'un garçon a inventé « saucipain » pour désigner le fameux *hot dog*. Et que dire des trouvailles comme « signalet » (pour *badge*), « soufflette » (pour *popcorn*), « croque-hache » (pour *hamburger*) et « carabosse » (pour *jeep*) ? Que dirais-tu maintenant de t'amuser à forger certains néologismes pour évincer quelques-uns de ces intrus ? En plus de te divertir, cette jonglerie linguistique te permettra d'apprécier toute la beauté et la richesse de la langue française.

THÈME
10

AVANT DE TOURNER LA PAGE

Les élèves de sixième année de l'école Les Lilas ont décidé d'éditer une grande revue de l'année. Partageons avec eux les angoisses qui découlent d'un projet d'une si grande envergure.

TOUTE UNE ANNÉE !

Date de parution : demain, 16 h. Aucun article n'a encore été remis. Jasmine, la rédactrice en chef de « La Revue de l'année de l'école Les Lilas », arrive malgré tout à surmonter sa nervosité. Elle sait que toute son équipe s'est consciencieusement mise au travail.

Personne n'est mieux qualifié que Loïc pour faire la chronique musicale. Afin de bien se concentrer, le journaliste mélomane s'est enfermé dans son studio. On ne doit le déranger sous aucun prétexte.

Pour la page de couverture, le choix de la photo est crucial. David, le photographe officiel, veille à la sélection. On peut toujours se fier à son œil exercé...

Les Jumelles Marie-Louise et Louise-Marie sont responsables de la chronique sportive. Elles mettent les bouchées doubles en travaillant comme des forcenées, sans se départir de leur grâce habituelle...

Au comité de rédaction, les discussions sont animées, mais harmonieuses. C'est qu'il s'en est passé des choses cette année ! Comment arriver à s'entendre sur les événements les plus marquants ? Comment faire le tri parmi de si merveilleux souvenirs ?

L'atelier d'art contemporain ? Un franc succès !

Le tournoi d'échecs régional ? À l'école Les Lilas, on n'a pas peur de battre des records.

Le Festival des couleurs d'automne ? La joie et la bonne humeur étaient au rendez-vous.

La classe de neige ? Après des mois, tous en gardent encore un très vif souvenir...

Des visites prestigieuses, on en a eu des dizaines cette année à l'école Les Lilas. Mais de l'avis unanime des membres du comité de rédaction, c'est celle des pompiers qui a été la plus spectaculaire.

- Quels passages de la bande dessinée as-tu trouvés les plus amusants ?
- Quels événements retiendrais-tu si tu faisais un bilan de ton année scolaire ?

Travaille avec des camarades. Préparez ensemble des articles pour rappeler les événements marquants qui se sont produits à l'école au cours de l'année. Vos articles seront ensuite intégrés à la grande *Revue de l'année* que vous publierez.

Revois le contenu grammatical de la page 145 de ton livre pour écrire à l'infinitif les verbes de ton texte qui le demandent.

Pour leur revue, les élèves de l'école Les Lilas avaient malheureusement un piètre photographe. Tu réussiras de bien meilleures photos si tu te donnes la peine de lire les conseils qui suivent.

SE FAIRE TIRER LE PORTRAIT

Pour faire un bon portrait photographique, il faut utiliser au mieux les caractéristiques de l'appareil. Mais tous les photographes professionnels s'entendent pour dire que la qualité essentielle d'une photo, c'est le cadrage. Ainsi, une photo floue ou surexposée mais bien cadrée pourra tout de même présenter un intérêt. Voyons cela de plus près.

En regardant par le viseur de ton appareil, tu aperçois une petite fenêtre. C'est le cadreur. Voici deux principes de base fort simples qu'il faut retenir à leur propos.

1. Tu photographieras tout ce qui se trouve dans le champ du cadreur.
2. Tu ne photographieras que ce qui se trouve dans le champ du viseur.

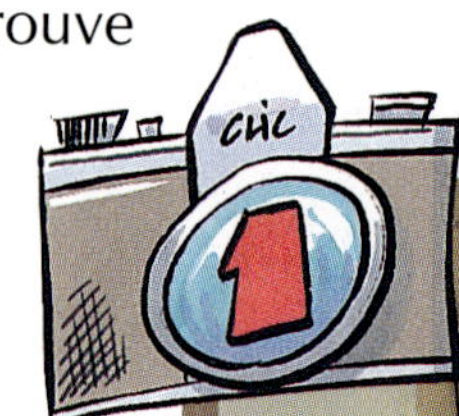

De cette façon, tu aurais pu facilement éviter ce passant qui se cure les dents en faisant la grimace derrière l'amie que tu as photographiée ou encore réussir à capter cette belle fusée que tu voulais en arrière-plan, mais qui ne ressemble à rien parce que l'essentiel de sa forme débordait le champ du cadreur. Photos ratées ! Comme toutes celles où l'on ne voit que des demi-visages, des silhouettes sans tête et des gros plans de jambes...

Un bon cadrage doit définir le contenu principal de l'image et la position relative des éléments qui la composent. Cette étape nécessite de l'imagination, de la patience et du temps. Voici quelques règles qui t'aideront à bien cadrer ton sujet principal tout en le mettant en valeur.

Règle n° 1 Le sujet principal doit normalement occuper l'avant-plan de la photo et au moins le tiers du champ du cadreur.

Règle n° 2 Si tu choisis de ne photographier que la tête d'une personne, veille à ne pas en couper le haut et à intégrer au moins les épaules dans ta composition.

Règle n° 3 Évite autant que possible de placer ton sujet en plein centre du cadre, car cela donne des photos statiques. N'hésite pas à faire preuve d'imagination et d'audace.

Règle n° 4 Prends des photos de personnes que tu connais bien. Il te sera ainsi plus facile de capter des expressions naturelles, spontanées.

Pour obtenir de bons résultats, tu n'as pas besoin d'un appareil cher et compliqué. Les photos les plus réussies se sont souvent faites avec des appareils très simples. À toi de jouer maintenant !

- Résume dans tes mots les grands principes d'une photo réussie.
- À partir des connaissances que tu as acquises dans ce texte, choisis les meilleures photos de l'année.

Représenter un ami ou une amie sous les traits d'un âne, d'un serpent, d'une grenouille ? Rien de plus facile si tu suis la démarche qu'on te propose dans ce texte.

LA CARICATURE EN DEUX TEMPS, TROIS MOUVEMENTS

Faire la caricature d'une personne, c'est la dessiner en exagérant certains traits de son anatomie ou en rajoutant quelques détails révélateurs. Un nez un peu long devient alors très long, une petite bouche devient minuscule et ainsi de suite. Comme tu le sais, les caricaturistes professionnels savent bien révéler ou accentuer certains aspects déplaisants ou un peu ridicules de personnalités publiques pour divertir les lecteurs et lectrices des grands quotidiens. Transformer l'apparence d'une personne, en totalité ou en partie, pour mieux révéler son caractère, sa personnalité ou la fonction qu'elle occupe, voilà tout l'art de la caricature.

Prenons le cas d'une bonne amie réputée pour son tempérament bouillant. Pourquoi ne pas la représenter sous les traits d'un taureau ? Il faudra alors t'efforcer, pour que tout le monde la reconnaisse, de garder l'expression caractéristique de son regard et sa coiffure habituelle. Quant à ses mèches rebelles si typiques, tu pourras gentiment les changer en deux longues cornes bien pointues.

Pour faire une caricature ressemblante, il faut avoir beaucoup de talent pour le dessin. Toutefois, grâce à certains appareils, il est possible de réaliser de bonnes caricatures en faisant seulement preuve d'imagination. Voici une méthode de caricature par photocopieur.

Matériel

- une bonne photo de la victime (qu'on obtiendra avec son consentement)
- un photocopieur qui fait des agrandissements
- un crayon-feutre noir
- du liquide correcteur pour photocopie

Réalisation

La technique est fort simple. Après avoir agrandi suffisamment la photo de ta victime, il s'agit simplement de la transformer de manière à révéler certains aspects de sa personnalité ou la fonction qu'elle occupe. La photocopie te permettra de faire rapidement plusieurs essais.

Tu veux présenter ton meilleur ami sous les traits d'un âne ? Voilà un classique du genre qui est très facile à réaliser. Il suffit de masquer ses oreilles avec le liquide correcteur et de dessiner ou de coller à la place des oreilles d'âne. À cette technique de transformation des visages et des corps, tu pourras ajouter celle de la mise en scène en collant ta caricature sur un fond de décor naturel que tu auras trouvé dans un journal ou une revue. En photocopiant ton nouveau montage, tu obtiendras une image plus vivante et beaucoup plus amusante.

Le grand avantage de cette méthode, c'est qu'elle permet de démocratiser l'art de la caricature. Ainsi chaque élève de la classe aura droit à sa revanche, y compris celui que tu as transformé en âne. Tu risques d'avoir de belles surprises !

Une bonne caricature doit révéler l'essence d'une personne, ses traits de caractère dominants. Une caricature réussie fera rire même la personne qui en est victime, car elle sera le reflet d'une certaine part de vérité gentiment exprimée, sans aucune mesquinerie.

- Sous quels traits aimerais-tu représenter tes meilleurs camarades de classe ?
- Et pour te présenter, toi, quel animal tes amis choisiront-ils ?

Lis ce texte amusant dans lequel la narratrice essaie de s'imaginer ce que seront devenus ses camarades de classe à l'âge adulte.

QUE SERONT MES AMIS DEVENUS DANS 15 ANS ?

En septembre, alors que j'entrerai à l'école secondaire, je ferai de nouvelles connaissances. Je ne verrai plus certains des copains et des copines que je fréquentais au primaire. Ils auront quitté mon paysage familier pour aller dans une autre école, un autre quartier, une autre ville. Mais les reverrai-je un jour ? Comment imaginer Patrick, Sarah, Djeling et les autres dans 5, 10 ou même 15 ans d'ici ? Attendez que j'y réfléchisse un peu...

PATRICK AU CŒUR D'OR

Cher Patrick ! Je ne peux me le représenter autrement qu'entouré de gens. Il aime tellement aider les autres, leur faire plaisir ! Un jour, il m'a confié qu'il déteste se retrouver seul, car, dans ces moments-là, il a l'impression d'être parfaitement inutile. Je ne serais donc pas étonnée si, dans 15 ans, il se retrouvait père d'une famille nombreuse ou encore coopérant dans un organisme humanitaire. Je le vois très bien partir pour l'Inde ou l'Afrique avec quelques sous en poche, n'ayant pour tout bagage qu'un petit sac à dos... à moins que ce ne soit avec la femme de sa vie et leurs 11 enfants !

PEDRO LE MAGNIFIQUE !

S'il y en a un parmi nous qui n'a pas à s'inquiéter pour son avenir, c'est bien Pedro ! Avec son air malin, son charme irrésistible et sa langue bien pendue, il fera sûrement son chemin dans la vie. Je ne serais d'ailleurs pas surprise de le voir un jour à la télé ou au cinéma. Mais s'il veut qu'on le prenne au sérieux dans les écoles de communication ou d'art dramatique, il faudra qu'il arrête de dire « sontaient » au lieu d'« étaient », « si j'aurais » au lieu de « si j'avais », « anglicanisme » au lieu d'« anglicisme », « arracher les vers du nez » au lieu de « tirer les vers du nez », « heureux comme un oiseau en cage » au lieu d'« heureux comme un poisson dans l'eau ». Et s'il n'a pas le talent voulu pour être acteur ou animateur, il pourra toujours se lancer dans le commerce, comme son père ! Car « vendre des frigos aux Esquimaux », comme on dit, il en serait très capable.

LAURE LA DYNAMO

En voilà une qui ne manque pas de projets ! Le mois dernier, elle disait vouloir étudier pour être directrice-ingénieur-femme-grenouille. Et voilà que, pas plus tard qu'hier, elle nous avouait que son rêve le plus cher était de devenir contremaître-opératrice de grue mobile. Avec elle, ce n'est pas compliqué : elle veut tout faire, et tout en même temps de préférence. Pas question de s'arrêter deux minutes. Elle ne peut s'imaginer autrement que chef de quelque chose, en exerçant double métier-profession, bien évidemment ! Dans 15 ans, elle sera sans doute un peu moins hyperactive, mais une chose est sûre : personne ne s'ennuiera jamais avec elle !

SARAH INC.

Je n'arrive pas à imaginer Sarah autrement que tirée à quatre épingles et assise derrière un grand bureau en chêne massif, entourée de téléphones, d'ordinateurs, de télécopieurs, bref, de tout l'arsenal de la femme d'affaires de l'an 2000. C'est qu'elle est ambitieuse, Sarah ! Et elle sait ce qu'elle veut : vendre, acheter, faire fructifier... Même qu'elle a déjà commencé à faire des économies pour démarrer sa future entreprise ! À ma connaissance, c'est la seule élève du pays qui lit chaque matin les indices boursiers dans les revues économiques.

LES CRÉATIONS DJELING

S'il y a une personne que j'envie, c'est bien Djeling, ce petit bout de fille qui n'avait que six mois lorsque ses parents adoptifs sont allés la chercher en Chine. Djeling a des idées plein la tête. Depuis que je la connais, je ne l'ai jamais vue autrement qu'avec un crayon et un bout de papier à la main. Elle passe tous ses temps libres à griffonner des plans, des croquis, des notes, des réflexions... Je ne saurais dire où tout cela va la mener, mais je crois bien que Djeling est ce qu'on appelle une véritable artiste. Peut-être sera-t-elle un jour peintre ou sculpteur, architecte, designer, dessinatrice de mode...

ET MOI ?

Que serai-je devenue dans 15 ans ? Moi qui semble ne posséder aucun talent particulier ? Moi qui ne sais pas trop ce que j'aime ni ce que j'aimerais ? Vais-je passer les 15 prochaines années à me demander ce que je pourrais faire de ma vie ? J'espère bien que non ! Et si je n'arrive pas à voir clair en moi, j'irai, comme beaucoup d'autres, consulter des conseillers de P.M.S. Ces gens-là, paraît-il, ont le don de mesurer notre potentiel personnel. Qui sait, je me découvrirai peut-être des intérêts et des aptitudes que je ne soupçonnais même pas ?

- En t'inspirant des portraits du texte, essaie de t'imaginer ce que seront devenus tes meilleurs camarades dans 10 ou 15 ans.
- Toi, quel métier ou quelle profession rêves-tu d'exercer ?

Choisis un ou une camarade de classe dont tu crois assez bien connaître le caractère, les goûts et les aptitudes. Décris ce que sera ce ou cette camarade dans 15 ans en t'inspirant du texte que tu viens de lire.

Relis attentivement ton texte pour repérer les noms employés comme attributs ou comme apposition. Accorde-les correctement.

Voici le portrait de quatre célébrités internationales quand elles avaient à peu près ton âge. Tu y puiseras des renseignements tout à fait étonnants.

À TON ÂGE...

UNE ÉTOILE EST NÉE !

Dans un centre commercial de Shawinigan, une jeune fille chante. Elle interprète une chanson composée par sa mère. Les gens passent, sans trop la regarder ni l'entendre. Pourtant, ceux qui se donnent la peine de l'écouter sont vite charmés par sa voix et par sa présence. La jeune interprète, la benjamine d'une famille de 14 enfants, n'a qu'une ambition : devenir chanteuse. Les études ? Elle quittera l'école à 15 ans. « L'école n'est pas faite pour tout le monde, dira-t-elle lors d'une interview. Moi, je fréquente l'école de la vie, où j'apprends beaucoup plus. » Convaincue du talent de sa fille, la mère envoie un enregistrement artisanal à un gérant connu de Montréal. Ému par la puissance et par le contrôle de cette voix, au point d'en avoir les larmes aux yeux, ce dernier demande à rencontrer la jeune fille. Il n'hésitera pas à hypothéquer sa maison pour financer l'enregistrement des deux premiers disques de sa protégée, qui connaît vite un immense succès sur la scène locale. À 19 ans, elle commencera à apprendre l'anglais pour élargir ses horizons. Elle deviendra une des plus grandes vedettes internationales de la chanson. Son nom ? Céline Dion.

MICHAEL CRICHTON AU PAYS DES GÉANTS

À 13 ans, il fait 2,05 mètres et 63 kilos. Plus grand que tous ses camarades, plus grand même que tous ses professeurs, Michael Crichton se décrit lui-même à cet âge comme une asperge. À la sortie des classes, les élèves plus âgés s'amusent à le bousculer et ne cessent de se moquer de lui en le surnommant « le squelette ». Pour se protéger de ce harcèlement constant, Michael se fabrique une épaisse carapace et se réfugie dans l'imaginaire. Déjà, il écrit beaucoup; il a même publié un premier article dans le prestigieux *New York Times*. Après avoir terminé de brillantes études en médecine générale, il décide de se spécialiser en psychiatrie. Parallèlement à sa pratique médicale, il fait de longs voyages un peu partout dans le monde, s'intéressant tout particulièrement aux animaux exotiques tels les requins, les éléphants et les gorilles. Puis ce géant se remet à l'écriture. C'est un succès monstre. En effet, qui sur la planète n'a pas lu ou vu *Le Parc jurassique* ou *Le Monde perdu* ? L'imagination fertile de cet adolescent trop grand et la passion qu'il avait développée pour l'écriture pendant sa jeunesse lui ont finalement apporté, des années plus tard, la richesse et la gloire.

UNE FRANÇAISE EN ORBITE

Le 21 juillet 1969, Neil Armstrong a posé le pied sur la Lune, et une jeune fille faisait avec lui un grand pas pour l'humanité. Installés dans un camping à la Grande-Motte, en France, Claudie André-Deshays et son père regardent vers le ciel. Ils sont tous deux émerveillés. C'est le coup de foudre, Claudie en pleure de joie. Sans trop savoir pourquoi, à 12 ans, sa vie vient de changer. Elle se dit qu'elle vivra un jour, elle aussi, cette grande aventure. Comme le but d'une mission spatiale est d'abord scientifique, Claudie poursuivra de longues études en médecine où elle se spécialisera en rhumatologie. Après 11 années d'attente et au terme d'un entraînement rigoureux, Claudie André-Deshays deviendra la première cosmonaute française. Sa destination : la station orbitale Mir. En plus de se soumettre à un entraînement physique intensif pour augmenter de 60 % sa résistance à l'effort, Claudie a dû acquérir, en moins d'un an, une parfaite maîtrise de la langue russe. À force de détermination et de persévérance, Claudie André-Deshays a enfin réalisé son rêve de jeune fille : passer deux semaines dans l'espace, au-dessus de la planète bleue.

Jacques Villeneuve avec sa mère et son père, au Grand Prix du Canada de 1978.

T'ES BIEN TROP PETIT, MON AMI...

Jacques a six ans. Assis sur les genoux de son père, qui s'occupe des pédales, il contrôle le volant de l'auto... qui file à plus de 100 km/h. Il s'agit, bien sûr, de Jacques Villeneuve, fils du célèbre coureur automobile Gilles Villeneuve — qui trouvera la mort en Belgique, en 1982, au cours d'essais de qualification. À l'âge de 13 ans, Jacques n'a qu'une idée en tête : faire de la course automobile. Sa mère est bien évidemment désespérée. Elle préférerait de loin qu'il s'adonne au ski alpin, sport pour lequel il est déjà exceptionnellement doué. Mais Jacques s'obstine. Il voudrait bien s'inscrire dans une école de pilotage, mais il y a un hic : ses jambes sont trop courtes pour atteindre les pédales. Qu'à cela ne tienne, le pilote en herbe a déjà pensé à des solutions. Il suffit d'avancer la banquette de la cabine de pilotage et d'épaissir les pédales. Ces modifications, on les apportera, et Jacques Villeneuve fera ses premiers essais en *kart*. On sait maintenant quel champion il deviendra !

- Pour laquelle de ces personnalités as-tu le plus d'admiration ?
- Trouve des renseignements sur les années d'adolescence d'autres personnalités célèbres.

Tu trouveras dans ce texte des sottises d'élèves si sottes qu'elles en sont devenues célèbres.

BLAGUES ET BÉVUES

Enseignante : Yannick, je me demande comment une seule personne peut arriver à faire autant de fautes dans un travail !

Yannick : Je n'étais pas seul. Mon père m'a aidé !

Enseignant : Emmanuel, qu'est-ce qu'un synonyme ?

Emmanuel : C'est un mot qu'on met à la place de celui dont on ne connaît pas l'orthographe.

Enseignant : Pascale, pourquoi as-tu de si mauvaises notes en mathématiques ?

Pascale : Ce n'est pas ma faute. Ce n'est pas moi qui les mets, les notes !

Pedro : Cette fois, j'ai vérifié mes calculs 10 fois !

Enseignante : Bravo ! Et quelle est la réponse ?

Pedro : J'en ai trouvé 10. Les voici...

Enseignante : Guillaume, peux-tu nommer cinq animaux qui vivent dans le désert ?

Guillaume : Deux grenouilles et trois serpents.

QUOI

Perles de copies

Le soir même, les parents et leurs trois enfants avaient été mangés au restaurant.

L'air frais de la montagne amena une recrue d'essence de pluie.

Dans les cas où les cadavres d'animaux sont morts...

Le pauvre enfant avait un pied nu et un autre sans chaussure.

Je vous invite à lire ce qui suit d'une oreille attentive.

Tout l'équipage du navire était coiffé de lourdes bottes de marin.

La dame avait 92 ans, mais elle en paraissait le double !

Le bandit leva son couteau d'une main et de l'autre, il dit à sa victime...

Son pantalon plissé, troué et couvert de suie n'avait même plus forme humaine.

Ce scientifique connut une gloire posthume, mais seulement après sa mort.

L'architecte a construit un immeuble à deux étages : deux en haut et deux en bas.

Kim : Lyne, est-ce qu'une élève peut être punie pour une chose qu'elle n'a pas faite ?

Enseignante : Bien évidemment non, Kim, pourquoi ?

Kim : Parce que je n'ai pas fait mes devoirs.

Enseignante : Sous l'action de la chaleur, le volume de certains corps augmente, alors qu'il diminue sous l'effet du froid. C'est là un phénomène de dilatation. Louis, peux-tu donner un exemple de ce phénomène ?

Louis : En été, quand il fait chaud, les jours rallongent; en hiver, quand il fait froid, ils raccourcissent !

- Quelle sottise trouves-tu la plus amusante ?
- Quelles sottises ou quelles blagues de ta classe retiendrais-tu pour faire ta revue de l'année ?

Raconte des situations cocasses ou des blagues qui t'ont fait beaucoup rire à l'école depuis ta première année. Écris-les dans un cahier de blagues que tu garderas en souvenir de ces longues années.

Dans ton texte, tu devras souvent rapporter des paroles. Réfère-toi au contenu grammatical de la page 146 pour connaître les règles d'écriture en style direct et en style indirect.

Les pronoms relatifs

Comme tous les pronoms, les **pronoms relatifs** remplacent un nom (ou un autre pronom) qu'ils complètent en le précisant.

*Les problèmes **dont** vous parlez sont fréquents chez les adolescents.*

Certains pronoms relatifs sont variables. Ils prennent le genre et le nombre du nom (ou du pronom) qu'ils remplacent.

*Voici les dossiers scolaires **auxquels** vous avez fait référence.*

*C'est une question **à laquelle** il m'est impossible de répondre aujourd'hui.*

L'accord du groupe du nom : l'attribut et l'apposition

Tu sais depuis longtemps que l'adjectif attribut s'accorde avec le noyau du groupe du sujet.

GS adjectif attribut

*Ces **chaussures** sont **belles**.*

Mais l'attribut peut aussi être un groupe du nom qui s'accordera avec le noyau du groupe du sujet.

GS GN attribut

***Marie** et **Paquita** seront **les** sympathique**s** anima**trices** du spectacle de fin d'année.*

De la même façon, le groupe du nom en apposition s'accorde aussi avec le groupe qu'il qualifie.

GS GN en apposition

***Marie** et **Paquita**, **les** sympathique**s** anima**trices** du spectacle, ont rempli leur rôle à merveille !*

Conjugaison : *er* ou *é* ?

Observe bien les exemples suivants.

Louis ***va rédiger*** *un article sur les sports.*

Pedro ***est resté*** *membre du conseil de rédaction.*

Kim ***souhaite participer*** *au concours de caricature.*

Quand un verbe du premier groupe suit l'auxiliaire *avoir* ou l'auxiliaire *être*, ou un verbe d'état comme *rester*, *demeurer*, *devenir*, *paraître*, *sembler*, *avoir l'air*, *passer pour*, sa finale est **é** (**és**, **ée**, **ées**). Quand il suit tous les autres verbes, sa finale est **er**.

Une bonne façon de savoir s'il faut écrire **er** ou **é** consiste à remplacer le verbe par un verbe du troisième groupe.

Louis va rédig■ — *Louis va* ***mordre*** *?* *ou* *Louis va* ***mordu*** *?* — ***Mordre****, donc Louis va rédig****er****.*

Kim a rédig■ — *Kim a* ***mordre*** *?* *ou* *Kim a* ***mordu*** *?* — ***Mordu****, donc Kim a rédig****é****.*

Quand je peux dire « mordu », c'est un accent aigu !

Vocabulaire : les affixes

Tu sais qu'à partir d'un mot on peut en former plusieurs autres de la même famille en lui ajoutant des affixes.

constituer : *constitutif, constitutionnel, constitution, reconstituer, constitutionnellement, inconstitutionnel, anticonstitutionnel, anticonstitutionnellement, déconstitutionnalisation*, etc.

Il y a deux sortes d'affixes : les **préfixes**, qu'on ajoute avant le radical, et les **suffixes**, qu'on met à la suite du radical. Les préfixes et les suffixes servent à former de nouveaux mots à partir de mots connus. Voici des tableaux des affixes les plus courants.

Préfixes	Sens	Exemples
re-	répétition	revenir, reprendre
in-, im-, il-, ir-	contraire	inactif, imprudent, illisible, irréfléchi
in-, im-	dans	insérer, importer
ex-	sortir	exporter
dé-, dés-	contraire	démonter, déshumaniser
pré-	avant	préhistoire

Suffixes	Sens	Exemples
-ade	action	glissade, noyade
-ateur, -atrice	agent	dessinateur, animatrice
-ette	diminutif	maisonnette, cuisinette
-isme	doctrine	socialisme, cubisme
-able	possibilité	capable, aimable
-el, -elle	caractère	spirituel, essentielle
-if, -ive	caractère	maladif, active
-âtre	péjoratif	verdâtre, douceâtre
-iser	action	informatiser, dramatiser
-ment	manière	doucement, lentement
-logie	science	biologie, oncologie

Le style direct et le style indirect

Tu sais que dans un texte on peut rapporter les paroles de deux façons différentes.

- En style **direct**, on cite telles quelles les paroles de la personne ou du personnage. Il faut alors les annoncer et les mettre entre guillemets. On annonce les paroles par un verbe introducteur de paroles et par un deux-points.

  Il me ***dit : «*** *Je suis un grand timide* ***»*** *et il me* ***demanda : «*** *Est-ce que je peux tout de même participer au spectacle de fin d'année ?* ***»***

- En style **indirect**, les paroles de la personne ou du personnage sont plus étroitement intégrées à la phrase.

  Il me ***dit qu'****il était un grand timide et il me* ***demanda s'****il pouvait tout de même participer au spectacle de fin d'année.*

Comme tu l'observes, le passage du style direct au style indirect amène des transformations.

– Les verbes introducteurs sont suivis de conjonctions (ici, *que* et *si*).
– Il n'y a plus de deux-points ni de guillemets.
– Il y a changement de la personne : *Il me dit : « Je... »* devient ***Il me dit qu'il...***
– Il y a changement dans le temps des verbes : *Il me dit : « Je suis... »* devient ***Il me dit qu'il était...***
– La ponctuation change lorsqu'il s'agit d'une question : le point d'interrogation n'est plus nécessaire.

Les cas d'homophonie

Observe bien les exemples suivants.

Le cerf ***court*** *rapidement pour échapper à ses prédateurs.*

Nous ferons un grand nettoyage dans la ***cour*** *de récréation.*

Notre enseignante nous a donné un ***cours*** *sur les écosystèmes.*

Nous avons écouté un ***court*** *exposé sur l'effet de serre.*

Tu sais que les mots qui se prononcent de la même façon posent des difficultés particulières sur le plan de l'orthographe. Pour résoudre ces difficultés, tu dois toujours te pencher sur le sens du mot dans la phrase pour pouvoir déterminer à quelle classe de mot il appartient : s'agit-il d'un nom, d'un adjectif, d'un verbe, d'un pronom, d'un mot de liaison ? La classe du mot te fournit de précieux indices pour connaître son orthographe.

- Dans le premier exemple, il s'agit du verbe *courir*. Tu sais que le verbe exprime généralement une action, qu'il se conjugue (on peut mettre devant *je*, *tu*, *il*, etc.) et qu'il peut se mettre au passé, au présent ou au futur. Il te suffit de consulter un guide de conjugaison pour l'orthographier au bon temps et à la bonne personne.

- Dans les deux exemples suivants, il s'agit de noms. Tu sais que le nom désigne une personne, un animal ou une chose, qu'il peut être précédé d'un déterminant (un, une, des, etc.) et qu'il peut être accompagné d'un adjectif (grand, beau, etc.). Tu peux te référer à un dictionnaire pour en connaître l'orthographe.

- Dans le dernier exemple, il s'agit d'un adjectif. Tu sais que l'adjectif dit comment est le nom. Il peut être précédé de **si** ou **très** (si court, très court). Il finit par un **e** au féminin. En le mettant au féminin, tu constateras qu'il se termine au masculin par un **t** muet.

En français, une foule de mots sont formés d'une seule syllabe, et plusieurs d'entre eux ont donc le même son (*mes*, *m'est*, *mais*; *ces*, *s'est*, *ses*, *sait*, *c'est*; *ni*, *n'y*, *nid*, etc.). Si tu réfléchis au sens et à la classe des mots que tu écris, tu arriveras à résoudre la plupart des difficultés orthographiques.

Si certains mots homophones te posent plus de difficultés, emploie-les dans de courtes phrases pour te faire un référentiel que tu pourras consulter régulièrement quand tu écriras tes textes.

Les cas d'élision : *si, que, lorsque*

La langue française répugne à coller directement deux voyelles sans l'intermédiaire d'une consonne. Ainsi, on n'entendra jamais de groupes de mots comme *la école, le arbre, si il a..., que elle a...*, etc. On appelle **élision** la suppression de la première voyelle :

l'école, l'arbre, s'il a..., qu'elle a...

L'élision est marquée dans la langue écrite par l'apostrophe. N'oublie pas de faire l'élision quand tu emploies le mot de liaison *si* devant *il*(*s*), et les mots de liaison *que* et *lorsque* devant *il*(*s*), *elle*(*s*), *en*, *on*, *eux* ou *y*.

Les coupures non permises en bout de ligne

Les coupures de mots en bout de ligne obéissent à quelques règles générales que tu dois bien observer.

- Ne coupe pas un mot d'une seule syllabe.
- Ne coupe pas les nombres.
- Ne coupe pas un mot ni avant ni après *x* ou *y* lorsque ces lettres sont placées entre deux voyelles.
- Ne coupe pas un mot après une apostrophe.

L'emploi du trait d'union

- Dans les mots composés, la présence ou l'absence de traits d'union n'obéit à aucune logique : *rendez-vous, pomme de terre, garde-boue, compte rendu, là-bas*, etc.

  La nouvelle orthographe propose d'écrire certains mots composés en un seul mot : *d'arrachepied, bassecour, passepartout, croquemonsieur*, etc.

- Tous les nombres inférieurs à cent s'écrivent avec des traits d'union quand ils ne contiennent pas le mot *et*.

  vingt-cinq, quatre-vingts, quarante et un, deux mille deux cent nonante-deux

  La nouvelle orthographe propose cependant de mettre des traits d'union partout.

- Lorsqu'un verbe est suivi d'un pronom personnel, dans les phrases interrogatives par exemple, le pronom est toujours relié au verbe par un trait d'union.

  Étudierez-vous cet écosystème ?

  Amenez-les voir les dauphins.

Analyse de la phrase

Au thème 2 de ton livre *Capsule 6 A*, tu as appris à analyser des phrases en écrivant dans un tableau les groupes de mots qui les composent. Ainsi, tu connais maintenant bien mieux les structures et le fonctionnement de ta langue.

Tu sais que pour analyser une phrase tu dois d'abord en trouver les deux groupes obligatoires : le **groupe du sujet** (GS) et **le groupe du verbe** (GV).

GS — GV

Dans le bosquet, ***de petits animaux*** ***mangent des fruits et des graines****.*

S'il reste un membre de phrase qui n'appartient ni au groupe du sujet ni au groupe du verbe, il s'agit d'un complément de phrase.

Groupe du sujet	Groupe du verbe	Complément de phrase
de petits animaux	mangent → des fruits et des graines.	Dans le bosquet,

Comme tu le remarques, la fonction sujet et la fonction complément sont tenues par des groupes du nom.

Les composantes du groupe du sujet

- Le **groupe du sujet** est composé obligatoirement d'une des trois structures suivantes.

déterminant + nom

Les scientifiques *émettent des idées.*

nom propre

Charles Darwin *émit une idée révolutionnaire.*

pronom

Il *émit une idée révolutionnaire.*

La plupart du temps, le nom est accompagné d'un déterminant, et il est souvent complété par un adjectif. Tous ces éléments varient en genre et en nombre.

dét. adj. nom — dét. nom adj.

Un grand naturaliste *s'appliqua à classer* ***les espèces animales****.*

Les composantes du groupe du verbe

Le **groupe du verbe** est composé obligatoirement d'une des trois structures suivantes.

- Verbe seul : *Venez !*
- Verbe + compléments obligatoires : *Je donne mon billet à Pierre.*
- Verbe d'état + attribut : *Les élèves restent calmes.*

Les mots de liaison

Comme tu le sais déjà, les **mots de liaison** sont de petits mots qui expriment des rapports de temps, de lieu, de cause, de but, etc. entre les mots ou les groupes de mots de la phrase. Il est impossible de supprimer ces mots qui sont indispensables au sens de la phrase.

Il est parfois difficile ***d'****écouter les problèmes* ***de*** *ses amis,* ***mais*** *tu verras* ***que*** *cela les apaisera* ***et qu'****ils t'en seront reconnaissants.*

Quand on fait un tableau d'analyse d'une phrase, il est utile d'encadrer les mots de liaison pour bien faire ressortir les liens logiques qu'ils apportent.

Durant la soirée, mon ami d'enfance est venu chez moi pour se confier.

Groupe du sujet	Groupe du verbe	Complément de phrase
mon ami d' enfance	est venu chez moi	Durant la soirée, pour se confier.

Les mots de liaison : la comparaison

Dans les textes, on trouve une foule de mots de liaison pour exprimer la comparaison : comme, de même que, plus... que, plus... plus, moins... que, autant... que, aussi... que, si... que, d'autant plus... que, etc.

Elle lui parla ouvertement ***comme*** *à un ami de longue date.*

Certains adolescents sont ***tellement*** *préoccupés de leur image* ***que*** *cela empoisonne souvent leurs rapports avec les autres.*

Plus *la confiance s'installa entre Véronique et Koumar,* ***plus*** *leur amitié grandit.*

Heureusement, peu de jeunes connaissent des situations ***aussi*** *tragiques* ***que*** *celles qu'a vécues Véronique.*

*L'état de santé de Véronique était d'****autant plus*** *préoccupant* ***que*** *l'adolescente était en pleine croissance.*

Il est maintenant ***plus*** *grand* ***que*** *son père.*

Cette adolescente aime sa mère ***autant que*** *son père.*

Elle ne se sentait pas ***aussi*** *mal* ***que*** *les psychologues le croyaient*

Apprends à analyser les liens de comparaison dans les textes que tu lis, avec toutes les nuances qu'ils expriment, et à les employer judicieusement dans les textes que tu écris.

Le participe passé avec *être* et *avoir*

Tu sais qu'aux temps composés, les verbes sont formés de l'auxiliaire **être** ou **avoir** suivi d'un **participe passé**.

Est-ce que tes réactions aux personnes et aux événements ***sont exagérées*** *?*

Mes amis, je les ***ai perdus*** *les uns après les autres.*

*J'****ai confié*** *à ce presque étranger tout ce que j'avais sur le cœur.*

*J'****ai joué*** *au football et ça m'****a changé*** *les idées.*

L'accord du participe passé ne pose pas de grandes difficultés si l'on suit les quelques règles suivantes.

- Avec l'auxiliaire **être**, le participe passé s'accorde en genre et en nombre avec le groupe du sujet, comme l'attribut du sujet.

  GS — aux. — part. passé

  Est-ce que ***tes réactions*** *aux personnes et aux événements* ***sont exagérées*** *?*

- Avec l'auxiliaire **avoir**, le participe passé s'accorde avec le complément direct si celui-ci est placé avant le verbe.

  CD — aux. — part. passé

  Mes amis, je ***les ai perdus*** *les uns après les autres.*

- Dans la plupart des cas, le complément direct suit le verbe et le participe passé reste invariable.

  aux. — part. passé — CD

  *J'****ai confié*** *à ce presque étranger* ***ma grande douleur****.*

- S'il n'y a pas de complément direct, le participe passé reste aussi invariable.

  aux. — part. passé

  *J'****ai joué*** *au football avec Koumar.*

Ponctuation : l'apposition

On appelle **apposition** un groupe du nom qui en complète un autre en le précisant.

Louise Lambert, ***la psychologue du centre P.M.S.,*** *a donné une conférence.*

Il m'a raconté l'histoire de son pays, ***le Sri Lanka,*** *qui est situé au sud de l'Inde.*

Rappelle-toi que le groupe du nom en apposition est encadré par des virgules. Comme les groupes de mots entre parenthèses, les groupes du nom en apposition peuvent être supprimés sans nuire à la clarté de la phrase.

Le féminin des noms et des adjectifs

Tu sais qu'en règle générale le **féminin** des noms et des adjectifs se forme par l'ajout d'un **e** à la forme masculine. Voici un rappel de certaines formations particulières du féminin. Dans bien des cas, comme tu le sais, le féminin entraîne le doublement de la consonne finale.

Finales	Noms	Adjectifs
-et, -ette	cadet, cadette	muet, muette
-eur, -euse	danseur, danseuse	trompeur, trompeuse
-teur, -trice	directeur, directrice	protecteur, protectrice
-f, -ve	veuf, veuve	neuf, neuve
-er, -ère	berger, bergère	léger, légère
-en, -enne/-on, -onne	baron, baronne	ancien, ancienne
-el, -elle	colonel, colonelle	cruel, cruelle
-eau, -elle	chameau, chamelle	nouveau, nouvelle
-eux, -euse		malheureux, malheureuse
-eil, -eille		vermeil, vermeille
-e, -esse	ogre, ogresse	
-s, -sse		gras, grasse

Le pluriel des noms et des adjectifs

Tu sais qu'en règle générale le **pluriel** des noms et des adjectifs se forme par l'ajout d'un **s** à la forme du singulier. Tu te rappelles aussi que les noms et les adjectifs qui se terminent par **s**, **x** ou **z** ne changent pas au pluriel.

Voici un rappel de certaines formations particulières du pluriel.

Finales	Noms	Adjectifs
-al, -aux	journal, journaux	loyal, loyaux
-eau, -eaux	manteau, manteaux	beau, beaux
-au, -aux	tuyau, tuyaux	
-eu, -eux	cheveu, cheveux	
-ou, -ous	clou, clous	
-ail, -ails	éventail, éventails	

Voici les principaux cas d'exception au pluriel des noms.

- Sept noms en **-ou** prennent un **x** au pluriel :
  bijou, caillou, chou, genou, hibou, joujou, pou.
- Sept noms en **-ail** se terminent en **-aux** au pluriel :
  bail, corail, émail, soupirail, travail, vantail, vitrail.
- Six noms en **-al** prennent un **s** au pluriel :
  bal, carnaval, chacal, festival, récital, régal.

Cas d'homophonie : les déterminants

Les **déterminants** dont on ne peut distinguer oralement le féminin et le pluriel posent des problèmes d'orthographe particuliers, par exemple :

***Cette** règle ne s'applique pas dans **tous** les cas.*

***Cet** énorme engin ne fonctionne pas à **tout** coup.*

*Voilà **quel** type de questions on doit maintenant se poser.*

***Quels** édifices ont-ils conçus et **quelles** techniques ont-ils employées ?*

*Elles se sont référées **aux** plans et ont donné **leur** avis **au** responsable.*

Pour bien orthographier les déterminants de ce type, tu dois t'assurer de bien relier le déterminant au nom qu'il accompagne et l'accorder avec lui, en genre et en nombre.

L'accord des pronoms avec leur antécédent

Les pronoms s'accordent en genre, en nombre et en personne avec les noms qu'ils remplacent. Pour bien les accorder, tu dois donc toujours t'assurer de bien repérer les antécédents, car ceux-ci peuvent être assez éloignés. On appelle **antécédent** le mot ou le groupe de mots que le pronom remplace dans la phrase.

antécédents — pronom

Camille Claudel *et* ***Auguste Rodin*** *ont été de grands artistes.* ***Ils*** *ont bien mérité de passer à la postérité.*

antécédent — pronom

Camille Claudel a fait de nombreuses ***sculptures****.* ***Certaines*** *seront exposées au musée cette année.*

Le choix du pronom pose certaines difficultés lorsque les antécédents sont complexes, comme dans les exemples suivants.

antécédents — pronom

Martin *et* ***moi*** *irons à Paris cette année.* ***Nous*** *visiterons plusieurs musées.*

antécédents — pronom

Martin *et* ***toi*** *irez à Paris cette année.* ***Vous*** *visiterez plusieurs musées.*

Les noms collectifs

Certains noms employés au singulier expriment en eux-mêmes une notion de pluriel. Ce sont des **noms collectifs**. Voici une liste des noms collectifs les plus courants.

amas, assemblée, classe, dizaine, équipe, foule, groupe, majorité, masse, multitude, poignée, quantité, série, tas

- Quand ces noms collectifs sont suivis de **compléments**, ceux-ci sont le plus souvent employés au pluriel.

  *une assemblée d'**actionnaires**, une classe d'**élèves***

  Cependant, si les compléments expriment des choses non dénombrables, ils restent au singulier.

  *un tas de **pierres**, un tas de **sable***

  *une poignée de **bonbons**, une poignée de **farine***

- Après un nom collectif suivi d'un **complément au pluriel**, le verbe se met au singulier ou au pluriel selon qu'on veut insister sur l'ensemble ou sur la pluralité.

  *La majorité des élèves **a compris** l'histoire de l'architecture.*

  *La majorité des élèves **ont compris** l'histoire de l'architecture.*

Les types de phrases

Tu sais qu'il existe trois types de phrases : la phrase déclarative, la phrase interrogative et la phrase impérative. Et chacun de ces types de phrases peut être à la forme affirmative ou à la forme négative.

- La phrase **déclarative** présente des faits comme réels. Elle sert à décrire, à annoncer, à constater. Elle se termine par un point.

  Le français est la langue maternelle de 135 millions de personnes réparties sur les cinq continents.

  Des goélands repassent lents, si lents qu'ils ressemblent à de blancs cerfs-volants.

- La phrase **interrogative** sert à poser une question. Elle se termine par un point d'interrogation.

  Pourquoi cet auteur flamand a-t-il adopté le français comme langue d'écriture ?

  Que dirais-tu d'entreprendre une correspondance avec un élève d'un autre pays de la francophonie ?

- La phrase **impérative** exprime un ordre, un souhait, une consigne. Elle se termine par un point ou par un point d'exclamation.

  Essaie de deviner le sens de certains francophonismes.

Pour rendre plus vivants les textes que tu écris, tu as souvent avantage à employer les divers types de phrases.

La construction des phrases négatives

Les trois types de phrases qui sont décrits ci-dessus peuvent être employés à la forme **affirmative** ou à la forme **négative**. Comme tu le sais, la négation est presque toujours exprimée par deux termes : *ne... pas*, *ne... plus*, *ne... rien*, *ne... jamais*, *ne... personne*, *ne... aucun*, etc.

Nous ***n'****avons* ***pas*** *séjourné longtemps en Mauritanie.*

On ***ne*** *parle* ***plus*** *beaucoup le français aux États-Unis.*

Je ***ne*** *voulais* ***rien*** *manquer.*

Abdoulaye ***ne*** *m'a* ***jamais*** *rien demandé.*

Il ***ne*** *connaît* ***personne*** *ici.*

Elle ***n'****a* ***aucune*** *envie de retourner dans son pays.*

Il arrive que ces deux termes de la négation soient inversés.

*Goûte les sources qu'****aucun*** *papillon* ***n'****a frôlées.*

La construction des phrases interrogatives

Dans la langue écrite comme dans la langue parlée, la phrase interrogative est le plus souvent exprimée par les mots interrogatifs « est-ce que ».

Est-ce qu'*elle revient du Mali ?*

Est-ce que *ce chanteur africain participe aux Francofolies ?*

Quand on n'emploie pas ces mots interrogatifs, on peut en utiliser d'autres en inversant le sujet et le verbe, ou seulement inverser le sujet et le verbe.

Quand ce chanteur ***viendra-t-il*** *?*

Où ***placerons-nous*** *les édiles des villes jumelles ?*

Aurons-nous *assez de place pour accueillir tous les invités ?*

Dans tous les cas, la phrase interrogative se termine par un point d'interrogation.

L'utilisation d'un vocabulaire précis et évocateur

- Quand tu écris un texte, tu dois t'efforcer d'utiliser des termes précis pour désigner les réalités que tu présentes. Pour enrichir ton vocabulaire, tu peux recourir à une foule de stratégies.
- Chaque jour, note dans un cahier de vocabulaire des mots nouveaux que tu trouves dans tes lectures. Rédiges-en une courte définition et emploie le mot dans un exemple.
- Avant d'écrire un texte, fais une courte recherche pour recueillir des mots de vocabulaire qui te seront utiles. Tu veux décrire un voyage en avion ? Tu pourras dresser une liste intéressante de mots en consultant un dictionnaire de langue ou un dictionnaire visuel, par exemple : *fuselage, aile, aileron, nez, queue, cabine, hublot, poste de pilotage, train d'atterrissage*, etc.
- Relis tes textes en remplaçant les mots passe-partout comme *avoir, être, faire, mettre, chose*, etc., par des mots plus précis.

range — *outils* — *son coffre*

La mécanicienne met ses affaires dans sa boîte.

- Enrichis tes groupes du nom et tes groupes du verbe en leur ajoutant des adjectifs, des adverbes et des groupes du nom en apposition.

ville côtière du sud du Maroc.

d'abord — *bel enfant perdu* — *que j'ai trouvé à Sidi-Ifni,*

J'ai rencontré Sindibeth